三國疑雲
卷
12
針鋒相對
水的龍翔 著

目錄

第一章 嚴顏歸心 5
第二章 先禮後兵 29
第三章 魚鱗陣 67
第四章 針鋒相對 99
第五章 冰山一角 131
第六章 狡兔三窟 161
第七章 謀略天下 191
第八章 華陰失守 225
第九章 疑點重重 255
第十章 走為上策 291

第一章

嚴顏歸心

「大將軍，皇上讓你去不是殺嚴顏，而是要收服嚴顏……」

郭嘉掏出一道聖旨，遞給黃忠，道：「大將軍，聖旨在這裡，如何收服，就看大將軍的本事了。」

黃忠打開聖旨一看，就見幾個大字，上面寫道：「務必讓嚴顏歸心。」

約到平明，司馬朗才奔馳到當陽，馬不停蹄，直接奔到司馬懿的營寨，眾人都認識司馬朗，不敢阻攔，所以一路暢通無阻。

司馬懿剛剛起身，穿戴好盔甲，掛上佩劍，正要出門，忽然見到自己的兄長風塵僕僕的趕來，立時迎入，問道：「兄長從何而來？」

「江陵！仲達，快……快……快發兵江陵，在午時之前務必要趕到江陵，如此一來，江陵城就是我軍的了。」司馬朗急忙說道。

「兄長，你且慢慢道來，到底出什麼事了？」司馬懿卻顯得很是淡定，不慌不忙地問道。

「哎呀，仲達，快發兵江陵，有什麼話，路上再說！」

司馬懿笑道：「兄長，在你抵達這裡的時候，我軍的一支輕騎就抵達江陵城下了，我已經派牛金去了。」

司馬朗很是驚詫，當即將諸葛亮對他說的話說了出來。

司馬懿聽後，托著下巴說道：「諸葛孔明果然是個智者……兄長，事不宜遲，我這就上路，牛金雖去，兵馬卻少，如果吳國翻臉，不足以抵擋吳軍，兄長一路艱辛，且在此休息……」

「都這個節骨眼上了，還休息個什麼？累不死的，江陵城比較重要！」

於是，兄弟二人一同上路，司馬懿引一萬騎兵在前，司馬朗領三萬步兵隨後，一路浩浩蕩蕩向著江陵城而去。

與此同時，江陵城下。

牛金率領一千輕騎往來奔馳，牛金本來是來江陵打探消息的，作為前哨部隊，只是巡視，並無任何攻城之意。來到西門時，看到城牆上防守嚴密，扭頭要走時，卻被一人叫住。

「將軍且慢！」

他回頭看見城門上立著一人，那人他見過，正是昨夜司馬懿讓他放跑的諸葛亮，當即勒住馬匹，問道：「丞相喚我何事？」

西門突然吊橋放下，城門打開，諸葛亮叫道：「將軍請進城，江陵城是你們的了，免得被吳軍占去。」

牛金一陣狐疑，不敢進城，在外躊躇不定。

諸葛亮看到牛金在那裡猶豫，便道：「我已經將兵馬盡數撤到城外，你若不進，必然會被吳軍乘虛而入，不可再遲疑不決！」

牛金道：「先別撤，大將軍大軍未到，我只有一千人，怕守衛不住江陵城，你且等到午時，我大軍一到，必然會入城。」

諸葛亮道：「好，你且回去轉告司馬懿，讓他快點來，過了午時，吳人生疑，你們可就無法占據江陵城了。」

「知道了。」牛金說完，轉身便走，帶著一千輕騎原路返回，去見司馬懿。

諸葛亮站在城牆上，命人關上城門，升起吊橋，大聲喊道：「午時從北門進入！」

傅彤聽後，問道：「丞相，你這樣大聲喊叫，萬一被吳軍斥候聽到，那該如何是好？」

諸葛亮笑道：「我就是喊給吳軍的斥候聽的，你過來，到了午時，你只需……」

傅彤聽後，哈哈大笑，佩服道：「丞相妙計，吳人又要折損兵馬了。」

諸葛亮道：「既然決定要歸順華夏國，自然要消耗吳軍，打出幾個漂亮的仗，才能在華夏國立足。」

傅彤心領神會道：「末將明白。」

吳軍大營裡，斥候將在江陵城西門外聽到的諸葛亮和牛金的對話，全部告知孫策和周瑜。

孫策和周瑜聽後，不禁心頭一震。

周瑜道：「陛下，看來諸葛亮是想將江陵城獻給華夏國，如此一來，我軍苦戰在此，損兵折將，將什麼都得不到了。」

孫策沉思道：「既然他們相約在北門，時間定在午時，只要我軍派兵阻撓司馬懿進軍，然後我軍偽裝成華夏軍進入江陵城，那麼江陵城便輕易唾手可得。」

「陛下英明，只是，派人去阻撓司馬懿，卻不能發生衝突，一般的武將，司馬懿絕對不會放在眼裡，我親自去見司馬懿吧，我也想會一會這個征南大將軍。」周瑜自告奮勇道。

「不！我去！我是皇帝，司馬懿見到我，絕對不敢放肆，我要拉著他敘事，他也不能違抗，你去了反而不好。」孫策道。

周瑜聞言道：「臣遵命。」

計議已定，孫策便委託周瑜全權負責此事，自己則孤身一人帶著十餘名親隨，浩浩蕩蕩的去江陵城的必經之路上等待司馬懿。

周瑜則聚集周泰、蔣欽、凌操、陳武、董襲、潘璋、徐盛、丁奉、宋謙、賀齊等將，一一分派命令，準備全力奪取江陵城。

不多時，又有斥候來報，說江陵城內又有兵馬出動，從南門進入城外的營寨，往來反覆好幾次。

周瑜聽後，更加深信不疑，加上他早就洞悉諸葛亮有投靠華夏國的傾向，只是一直搞不明白，為什麼諸葛亮不乾脆在城頭懸掛華夏國的軍旗，直接投降了事?!

雖然不明白諸葛亮是怎麼想的，但是這樣卻對吳國有利，如此一來，吳國也可以見縫插針，直接進入江陵城，這樣吳國才不至於有所損失。

不管怎麼樣，這一次周瑜是準備一鼓作氣拿下江陵城了。在一切調度完畢之後，剩下的就是等時間了。

司馬懿正在向前行軍，忽然遇到牛金回來，兩下相見，牛金將諸葛亮所言之事一說，司馬懿聽後，便立刻催促大軍前進，萬馬奔騰，川流不息，冬日裡的雪地上留下了一串長長的馬蹄印，踩得雪地上的泥土都成了稀泥。

大軍向前奔馳不到三十里，司馬懿便見前面去江陵城的必經之路上，一個人身穿龍袍，頭戴皇冠，身後十餘名武士盡皆身披金甲，顯得華貴異常，**不是孫策，還能是誰！**

於是，司馬懿急忙抬手命令手下停止前進，大軍駐足，他則單騎向前，來到離孫策還有五米遠的地方，翻身下馬，向前走了幾步，單膝下跪，抱拳道：「華夏國征南大將軍司馬懿，參見吳國皇帝陛下！」

「平身！」孫策笑著說道，抬起手，示意司馬懿起身。

司馬懿站起身子後，道：「久聞吳國皇帝陛下威武異常，今日一見，果然名不虛傳，只是外臣不知，皇帝陛下如何會在此荒郊野外出現？」

「呵呵，司馬將軍，朕是在這裡專門等你啊。」

「等我？」

司馬懿從見到孫策的那一刻起，便在心中有所猜測了，聽到孫策如此說話，便故作不知。

「是啊，朕聽聞司馬將軍親臨戰場，準備配合我軍去攻打江陵，所以特意再次等候司馬將軍。司馬將軍，聽說你是華夏國第二屆文科狀元，今日一見果然是一表人才，朕好久沒有見到如此青年才俊了，想和司馬將軍坐下聊聊，不知道你意下如何？」孫策說著，便翻身下馬。

司馬懿笑道：「承蒙皇帝陛下器重，外臣自然不敢怠慢，只是這裡荒郊野外的，唯恐陛下受凍，前面有一小村莊，不如我們到前面休息如何？我軍中也有酒，再讓士兵去獵些野味，做些美食，那就更加有趣了。」

孫策對於司馬懿的回答吃了一驚，以司馬懿的智慧，不應該不知道他來的目的，可是司馬懿卻要和他喝酒吃肉。不過，這樣也好，正好可以阻止司馬懿去江陵。

「呵呵，妙極妙極，司馬將軍果然是熱情好客啊。」

司馬懿便對牛金說道：「我和陛下要去前面村莊暢敘，你們且去附近打獵，另外派一部人去清理村莊，不要玷污了陛下的龍袍。」

牛金雖然是初次跟隨司馬懿，但是頗有眼色，聽司馬懿一改往日溫文爾雅的作風，便明白其意，「諾」了一聲，立刻將一萬一千騎兵分散開來，派出一千騎兵去打掃村莊，另外派出一人去通知司馬朗，讓他大軍改道，迂迴過去。

孫策見萬餘名騎兵頓時四散開來，雜亂無章的，生怕這些騎兵亂跑，擔心司馬懿要耍什麼鬼主意，便道：「司馬將軍，去打獵也不至於用這麼多人吧？」

司馬懿笑道：「陛下喜歡狩獵嗎？」

「嗯。」

「那陛下應該知道，所謂狩獵的規則，無非就是讓士兵全部散開，然後從周**邊圍成一個圈，最後將距離縮小，然後將獵物趕到一個地方，再集體射殺**，我這樣做，無非是按照狩獵的規則來的。」

孫策無語，也挺擔心的，不過他始終認為有司馬懿在側，這些士兵是不會亂跑的，便和司馬懿一起向前慢走。

過了不到五里，孫策、司馬懿來到一個村莊，積雪已經被清掃乾淨，在一個還算像樣的房屋周圍，華夏軍的士兵也將房屋打掃的十分潔淨。

「陛下，請！」司馬懿笑著對孫策道。

孫策進入之後，和司馬懿暢談良久，可是許久都不見有狩獵的人回來，不禁擔心道：「司馬將軍，你的部下許久未歸，會不會發生什麼事了，要不要派人出去找找？」

司馬懿給孫策倒了杯酒，笑著說道：「陛下不用擔心，我的部下都野慣了，平常訓練太嚴格，偶然遇到打獵的機會，自然會多奔馳一會兒，不會有什麼事情，何況漢軍全部龜縮在江陵城裡，百姓又大多遷徙他處，他們一會兒就會回來了。陛下，咱們只管喝酒，哦，剛才聊到哪裡了？好像是我兄長去見陛下了吧，來來來，咱們邊喝邊聊。」

孫策紅著臉，不好意思拒絕，他本來是來拖住司馬懿的，沒想到自己反倒被司馬懿給拖住了。

此時他才知道，這個司馬懿並不簡單，他一時失策，不禁懊惱，卻又無法拒絕司馬懿，只好繼續聊天。

片刻功夫，司馬懿的部下帶著野味回來，烘烤後，端給司馬懿，司馬懿勸孫策吃喝，席間東拉西扯，弄得孫策都不好意思拒絕。

酒足飯飽，孫策心中擔心起周瑜來，萬一吳軍和華夏軍發生摩擦，肯定會損傷兩國邦交，於是藉口軍中有要事，迅速離去。

孫策走後，司馬懿叫來親隨，問道：「牛金現在到什麼地方了？」

「快到江陵城了，午時左右應該能夠趕到。」

「很好，我們也走，孫策此來，必有目的，諸葛亮故意放話，也必然有詐，應該不是衝著我們來的，你且快去通知牛金，讓他過了午時再進城，在城外靜觀其變。」

親隨不懂其意，卻也不敢多問，便用斥候秘術將消息傳到前方。

華夏軍的斥候均有一套笛音秘術，斥候大軍也很龐大，短短幾十里的範圍內，就隱藏著上百名斥候，聲聲相傳，以接龍的方式將司馬懿的命令傳到前軍。

牛金接到消息後，很是狐疑，為什麼又不讓他進城了，但他不敢違抗命令，便帶著八千騎兵放慢了前進的速度。

比近午時，諸葛亮登上了江陵城的城樓，遙望從正北方向奔馳過來一隊騎兵，浩浩蕩蕩的，為首一人頭戴銀盔，身披白袍，內襯銀甲，目光深邃，面部俊朗，好一個翩翩的俊男子。

白袍俊男的身後環繞著六員戰將，每一個都盡顯魁梧。

很快，騎兵便奔馳到江陵城下，在為首那個白袍俊男的帶領下勒住了馬匹，停止前進的步伐。

「我乃華夏國征南大將軍司馬懿，速速打開城門！」白袍俊男衝著城牆上大聲喊道。

諸葛亮嘴角輕輕地笑了笑，朝著白袍俊男抱拳道：「我乃漢國丞相諸葛亮，得見司馬將軍，真是三生有幸。按照你我之間的約定，江陵城內的兵馬，我都盡皆撤去了，現在只等司馬將軍大軍到來了。」

白袍俊男聞言道：「既然如此，還請快快打開城門，一旦吳軍知曉，只怕會引起兩國爭端。」

「呵呵，司馬將軍何必如此心急？此時離午時尚有片刻，我已知會城中百姓，待我從南門離開之後，你們再進城。」

白袍俊男心中暗忖道：「既然諸葛亮打算投降華夏國，又為何不直接獻城，非要多此一舉呢？」

忽然，白袍俊男心中一驚，暗道：「是了，諸葛亮一定是想對荊南四郡下手，如果一旦歸順華夏國，就無法和我軍為敵，所以暫且讓出江陵城，再向南去征討荊南四郡，那就是漢軍和我軍的事情，而非吳軍和華夏軍的事情了……」

一想到這裡，白袍俊男立刻意識到事情的嚴重性，越發的想先占領江陵城，然後再出兵攻打漢軍，截住諸葛亮向南而行。

這時，諸葛亮已經退下城樓，城樓上的士兵也盡皆下了城樓。

白袍俊男身後的一員戰將等得焦急了，便道：「大都督，再晚了的話，只怕會生變啊。」

白袍俊男原來是吳軍大都督周瑜，為了騙開城門，才謊稱自己是華夏國征南大將軍司馬懿。他聽到後，便道：「不能操之過急，不然會被生出事端，稍微等待一下，小不忍則亂大謀。」

「諾！」

周瑜等人又等待了片刻，轉眼到了午時，只見城內放下了吊橋，城門也洞然打開，十幾個身穿普通百姓衣服的人瞬間便往城裡跑，一溜煙的功夫便消失不見了，對著城門的那條大街上空無一人。

「大都督，會不會有詐？」

周泰跟在周瑜的身後，看到這樣一幕，不禁多了一分心思。

周瑜道：「漢軍急於向華夏軍交接城池，目的不在江陵，而是在我軍兵力薄弱的荊南四郡，城中百姓必然是因為害怕才躲起來的，何詐之有？」

說著，周瑜第一個策馬向前，周泰等人緊緊跟隨，萬餘騎兵浩浩蕩蕩的奔進了城池。

當周瑜帶著周泰、蔣欽、宋謙、賀齊、潘璋、董襲六將以及三千多騎兵快要抵達甕城的城門時，忽然聽見一聲梆子聲，城樓上伏兵盡顯，萬箭齊發。

與此同時，一群身穿藤甲的士兵頓時從城樓和甕城的兩邊殺了出來，一番亂砍，迅疾地占領了城門，刀槍不入的藤甲兵迅疾地將騎兵給逼出城門，然後準備關上城門。

「糟了，中了諸葛小兒的奸計了！快退！」周瑜見狀，大聲叫了出來。

「嗖！」一支長箭直接射中周瑜的左臂，鮮血登時流出。

周泰見狀，急忙以身護住周瑜，蔣欽、宋謙、賀齊、董襲、潘璋五將也紛紛向後殺去，看到城門就要被關上了，衝進來的騎兵盡皆驚慌不已，面對刀槍不入的藤甲兵，吳軍也是無可奈何，只有授首的份。

「蔣欽、潘璋，保護大都督，其他人隨我來！」關鍵時刻，周泰舞著大刀，一聲令下，策馬向前衝去。

空中箭矢飛舞，地上藤甲兵阻斷其路，城門一旦關上，就算他們再武勇，也只有等死的份。

周泰拍馬舞刀，身先士卒，前胸連中三箭，背後也插著兩支箭矢，饒是如此，卻仍掄起手中大刀，奮力地砍向前面的藤甲兵。

藤甲兵雖然刀槍不入，但是在重力的猛擊之下，還是受到了不小的傷害，周泰以刀背擊之，又使出了渾身力氣，一次重擊之下，藤甲兵登時被周泰擊飛，向後跌撞而倒，口中吐出不少鮮血。

就在這時，周泰看見藤甲兵的藤甲頭盔和胸甲之間的縫隙，眼睛放出了一絲光芒，當即將手中的大刀旋轉一圈，以刀刃揮出，一道寒光閃過，並接著帶出一道血光，一顆人頭就此落地。

「斬首！斬首！藤甲兵並非無堅不摧，需以重力擊打，然後將其斬首！」周泰發現了藤甲兵的弱點，大聲地叫著。

一聲散去，眾人盡皆效仿，只片刻功夫，周泰便憑藉著一己之力殺出了一條血路。

他自己衝出重圍之後，回頭看見周瑜等人還被包圍，於是調轉馬頭，再度殺了進去，救出周瑜而逃。

箭矢如雨，入城的三千多吳軍騎兵盡皆帶傷，宋謙被亂箭射死，董襲被藤甲兵亂刀砍死，賀齊正廝殺間，撞上了傅彤，傅彤手起刀落，一刀便將賀齊斬於馬下。

周瑜被蔣欽、潘璋保護著，前面周泰開路，城外騎兵相互配合，總算僥倖逃過一劫，往東南方向奔去。

傅彤率軍追殺，埋伏在城外的凌操、陳武擋住去路，吳軍兵多，傅彤只好調頭回城。

回到城中後，傅彤提著賀齊的人頭，來到諸葛亮的身邊，笑道：「丞相料事如神，我軍又勝了一場，只是沒能斬殺周瑜，倒是一大可惜。」

諸葛亮目睹了整個戰爭過程，見到周泰的武勇後，道：「吳軍連輸兩陣，已經傷了元氣，城中這片狼藉就不要收拾了，你留下一百個人，就地等候華夏軍的到來，你和其餘人全部跟我走，我們的目標是荊南四郡。」

「諾！」

於是，傅彤留下一百個士兵負責看守城池，諸葛亮和傅彤等人盡數從南門撤出。

一百個漢兵將屍體分開之後，剛準備關上城門，便見牛金帶著部隊來了，他們見過牛金，認得是華夏軍的將軍，便沒有阻攔，直接放入城中。

牛金以八千騎兵入城，入城之後，迅速分兵占領四門，嚴防緊守，並且拔掉漢軍大旗，將早已準備好的華夏軍的大旗遍插城頭，只片刻間，江陵城便完成了交接工作。

周瑜敗走，但離江陵城不遠，遙見江陵城上華夏軍旗遍插城頭，一時間氣憤難當，加上左臂箭傷未曾醫治，不禁大罵道：

「諸葛小兒，我周公瑾誓與你不兩立！」

周泰殺出重圍之後，由於身中數箭，加上又用力過猛，所以導致失血過多，一經抵達安全的地方，便從馬背上跌了下來。

周瑜見損兵折將，已經失去了占領江陵城的先機，悲憤之下，只能宣布退兵。

這時，孫策帶著十餘騎回到這裡，見周瑜受傷，周泰昏迷不醒，士兵盡皆傷痕累累，又折了宋謙、賀齊、董襲三將，不禁心中一陣失落。

「陛下，江陵城已經是華夏軍的囊中之物，此乃諸葛亮的奸計，現在我軍應該迅速回防，以免荊南四郡有失，諸葛亮的目標在荊南四郡……」

「公瑾，我知道了，你為國操勞，身受箭傷，剩下的事情就交給我來做，荊南四郡，朕親自去鎮守。蔣欽、潘璋。」孫策叫道。

「末將在！」

「護送大都督和驃騎將軍回江夏，一路上切勿和華夏軍發生衝突！」

「諾！」

孫策扭臉看了凌操、陳武一眼，道：「你們跟我去荊南四郡，通知朱然的水軍，務必在長江一帶設防，阻止漢軍南渡。徐盛、丁奉，帶兵五千，留守此處，靜觀其變，一旦華夏軍有任何異常舉動，立刻通知我。另外派出斥候，火速通知孫靜，讓他在荊南做好防禦。」

「諾！」

「陛下，徐盛、丁奉盡皆驍勇之輩，陛下帶在身邊，必有用得到的地方，荊南四郡我軍根基不穩，只怕諸葛亮南征的消息一旦傳出，四郡百姓盡皆回應，到時候免不得和諸葛亮一場大戰，臣也不能回江夏，華夏軍右將軍陳到移師華容道，目的就是阻止我軍回江夏，目前，我軍當力保荊南四郡不失，不然的話，我軍損兵折將，將寸土不得！」周瑜面容嚴肅道。

孫策遲疑道：「可是，你的傷……」

「不礙事，死不了，皮肉之傷而已，無甚大礙！」周瑜堅持道：「陛下，幼平傷勢嚴重，可讓人送回柴桑，另外讓蔣欽、潘璋火速前往江夏鎮守，已經失去了江陵，萬不能再失去江夏了。」

孫策想了許久，這才說道：「好吧，我也需要公瑾為我出謀劃策。」

於是，孫策派人將周泰送回柴桑養傷，讓蔣欽、潘璋帶部分兵馬回江夏，卻不讓他們經過華容道，而他則帶著兵馬向南渡河，準備血戰荊南四郡。

牛金從漢軍手中接管了江陵城，隨後司馬朗、司馬懿同時趕到，四萬大軍全部進入江陵城，清理了吳軍戰死的士兵屍體後，便讓人到城外火化，並且將骨灰派人送給吳國。

另一方面，諸葛亮帶著大軍秘密南渡，用早已準備好的船隻渡過河，留下諸葛瑾帶著一萬漢軍將士先行向華夏國投降，並且有什麼消息也好從中傳遞。

孫策、周瑜帶著大軍全部壓向荊南，朱然的水軍沒有能夠攔截住諸葛亮帶走的八萬大軍，反而被諸葛亮用調虎離山之計襲取了朱然的水軍營寨，放火燒了朱然的糧草大營。

朱然為了救火，失去了阻擊諸葛亮的時間，諸葛亮的八萬大軍在早有準備的情況下，秘密南渡。

諸葛亮和孫策、周瑜之間的較量，再次在荊南拉開了序幕。

在諸葛亮和孫策的大軍都在行進的時候，遠在漢國國都的襄陽城也爆發了戰爭。

華夏國收降了漢軍的水軍之後，士氣大振，高飛指揮全域，將所有兵力全部放在了襄陽城。

為了圍困漢軍，高飛下令將襄陽城方圓百里內的所有百姓全部遷走，一時間百姓拖家帶口，集體被遷徙到漢水以北的新野一帶。

這些百姓原本就是從新野那邊逃難過來，現在又被趕了回去，華夏軍對百姓不但發放糧食，還發放土地，讓這些百姓倒是沒有什麼怨言。

方圓百里，遍地都是華夏國軍旗，從地理上直接切斷漢軍的所有聯繫，將襄陽城完全包圍了起來。

以前，高飛一直懷疑，劉備有諸葛亮做幕僚，怎麼可能會想出固守孤城的餿主意，現在看來，**這主意不是餿主意，而是個妙計**，因為劉備一直被諸葛亮玩弄於股掌之間，諸葛亮用劉備做墊腳石，劉備不過是他進身之階的一枚棋子而已。

高飛站在一個高高的土山上，拿起望遠鏡眺望著襄陽城，看到城池上守兵都顯得很疲憊，不禁笑了起來。

他又將視線移到城外一處營寨裡，看到那座大營裡的士兵卻是精神抖擻，便道：「嚴顏果然是一員良將，部下士卒和城中相比簡直是天壤之別。奉孝，你可有擒住嚴顏的妙計？此等武將丟在劉備手裡，實在可惜！」

郭嘉道：「要擒嚴顏也不難，難得是讓他歸心。臣聽說嚴顏是從西蜀來的，投靠劉備也是被逼的，不過卻始終忠義如一，從無反相，帶出來的兵也十分出眾。」

「你是說，要先讓他心服口服，才可收降？」高飛放下望遠鏡，扭過頭看著郭嘉，問道。

「是的，皇上。而且要讓嚴顏心服口服，只有一個人可以做到。」

「誰？」

「虎烈大將軍！」

「哈哈哈，妙極妙極，兩個人年紀相仿，拼殺起來，必然會惺惺相惜，奉孝，你去安排吧，起草聖旨，給黃老將軍傳令，讓他先把嚴顏給弄過來。這樣，襄陽城裡就會更加的被動了。」

「諾！」

「把那邊再加高點……對對對，就是那邊……那邊再加固點……」黃忠一邊巡視著駐地，一邊對部下喊道。

士兵依照黃忠的指令，加高加固土牆。

高飛既然決定要圍困襄陽城，自然就要拿出實際行動，所以在襄陽城外圍建起一堵高牆，高五丈，寬三丈，與襄陽城的城牆等高，還能在上面站立士兵，進行巡邏，還設的有樓梯，有門洞，有女牆，等於是一道小規模的長城了。

反正華夏軍人多，人多力量大，這樣浩大的工程，在華夏軍裡，只用了兩個晝夜，而且因為是冬天，晚上澆水，一夜就結冰了，所以十分的堅固。

黃忠還在吆喝著，忽然郭嘉從後面趕來，叫了他一聲，他轉身過去，見是郭嘉，便道：「太尉大人，有事情嗎？」

「皇上聖旨，讓大將軍出戰，去會一會嚴顏……」郭嘉道。

「太好了！我等的就是這一天，可把我給憋壞了！」黃忠喜道：「我這就去點齊兵馬，看我不砍下嚴顏的人頭獻給皇上……」

「咳咳……大將軍，皇上讓你去不是殺嚴顏，而是要收服嚴顏……」

「啊？如何收服？」

郭嘉掏出一道聖旨，遞給黃忠，道：「大將軍，聖旨在這裡，如何收服，就看大將軍的本事了。」

說完，郭嘉轉身就走。

黃忠打開聖旨一看，就見幾個大字，上面寫道：「務必讓嚴顏歸心。」

這下黃忠可納悶了，這不是為難他嘛！他急忙叫道：「太尉大人，皇上只有這七個字？」

「聖旨都給你了，你看過就知道了。」

黃忠急忙追了過去，笑道：「太尉大人，老夫平日裡待你不錯吧？」

「嗯……我的印象中，大將軍似乎只宴請過我一次，而且那次還是因為趙將軍和大將軍的令嬡成婚，在皇上為他們主持的婚禮上。算下來，那是國宴，算不得大將軍的私宴吧？」郭嘉頗有微詞地說道。

黃忠怔了一下，尋思一會兒，笑道：「太尉大人，你現在有沒有時間？」

「幹什麼？」

「我想宴請你，咱們同僚多年，你在朝廷，我在外，而且我也很少回京，自然不能相見了，太尉大人乃是皇上身邊的智囊，必然有辦法助黃某一臂之力。只要太尉大人肯指教一二，黃某以後必當親自道謝！」

「哦，我還有幾道命令沒有傳，需要……」

黃忠一把拉住郭嘉的手，說道：「太尉大人，這等小事，讓屬下人去做就可以了，我帳中珍藏了一罈美酒，一直捨不得喝，今日太尉大人到訪，咱們一起品嘗品嘗……」

說著，黃忠拉著郭嘉便朝軍營裡走，邊走邊吩咐手下人道：「快去準備酒菜，我要和太尉大人開懷暢飲……」

除此之外，黃忠還打發了跟著郭嘉來的隨從屬官，讓他們只管去派發命令。

郭嘉哪裡經受得住黃忠的拉扯，只能跟在黃忠身後朝軍營裡走，遠遠觀之，看起來像是父親帶著調皮的孩子一樣。

第二章

先禮後兵

「如果諸葛亮一心想投降華夏國呢？」周瑜問道。

「先禮後兵，那就別怪朕不客氣了，朕親自出戰，殺諸葛亮一個天翻地覆，讓他見識一下朕的厲害，逼他投降。」孫策說這句話的時候，眼神裡冒出了一絲寒光。

進入大帳後，不多時小校便將酒菜端上，黃忠和郭嘉對面而坐，黃忠親自為郭嘉倒酒，然後說道：「太尉大人，黃某先乾為敬！」便一口氣將酒喝了下去。

放下杯子的時候，卻見郭嘉並未喝酒，納悶道：「太尉大人莫非是嫌棄這裡嗎？」

「非也非也！只是這才剛剛吃過晌午飯，不太餓，也不感覺渴，所以……」

「多少也喝一點嘛，你不喝，我如何求你為我出謀劃策？」

郭嘉聞言道：「要出謀劃策，也不一定非要喝酒，大將軍，你當真是向我求計嗎？」

「嗯，千真萬確。」

「無論讓你幹什麼都行？」

「我死都不怕，還有什麼怕的？」

郭嘉想了想，又搖了搖頭，說道：「不行不行，這件事太有損大將軍形象，不好不好，我看大將軍還是問其他人好了……」

「不，我就問你！賈太尉、荀太尉都被皇上調到江北安置遷徙的百姓去了，田丞相、荀丞相又都回京城了，這裡就數你最有頭腦啦，你讓我還問誰去？不過是占用太尉大人那麼一丁點的時間罷了，難道太尉大人都不肯嗎？」

「大將軍，我確實有一計，可是只怕你不從啊。」

「我還是那句話，死都不怕，還有什麼可怕的？」

郭嘉再次確認道：「此話當真？」

「當然當真！」

「那好，大將軍，你和嚴顏交戰時，只要被他生擒……」

「什麼？嚴顏老兒的三腳貓功夫豈能將我生擒？我生擒他還差不多！」

郭嘉嘆氣道：「我早說過了，這計策有損大將軍清名，既然大將軍不願意，那便作罷，大將軍還是去找別人好了。」

黃忠見郭嘉要走，一把拽住他，問道：「太尉大人，真的沒有別的辦法了？」

「要讓嚴顏歸心，只有這條計策可行，而且最徹底，最一針見血。」

黃忠想了想道：「太尉大人，那你說好了，黃某該怎麼做？」

郭嘉笑了笑，坐下來緩緩地說給黃忠聽。

黃忠聽後，不住地點頭，最後豪邁地道：「不就是犧牲一點名節嘛，老夫捨了！」

消息傳到高飛那裡時，高飛也嘆了聲氣，說道：「為難老將軍了。」

對於一個武將而言，被俘虜是奇恥大辱的事，所以郭嘉才會安排上演這一齣戲碼，如果高飛直接以聖旨下令，黃忠必然會覺得這是對他的一種侮辱，但是換一種方式，將其中道理說通，黃忠又是個知情達理的人，自然能夠理解。

「奉孝的一番良苦用心，也確實夠折騰的。不過，這樣下來，老將軍倒會不那麼在意名節了。奉孝，替朕擬寫聖旨，待黃老將軍馬到成功之後，便封他為定國公，俸祿加倍，並賜予良田百畝。」

郭嘉抱拳道：「臣遵旨！」

清晨，旭日東昇，太陽的陽光灑在襄陽城附近的雪地上，折射出道道金黃。

黃忠領著一隊騎兵，從一堵高大的冰牆後面走了出來，慢悠悠地來到在城外駐紮的漢軍大營附近。

「去叫陣！」

黃忠心中有些不情願，但是為了能夠完成使命，那點虛名又算得了什麼，飛將軍李廣不是還讓匈奴人俘虜過去一次嘛?!

「諾！」

親兵策馬向前，來到漢軍營寨的門口，張嘴喊道：「華夏國虎烈大將軍在此，特請漢大將軍嚴顏出來一戰！」

如今的漢國，就只剩下嚴顏這個堪用的將領了，關羽、張飛、田豫等人都下落不明，華夏國傳出的消息是這些人都投降了，為此，劉備特別嘉賞了嚴顏，封其為楚王。

漢軍的營寨裡，嚴顏看得真切，見黃忠只帶著五百騎兵來寨門前面搦戰，便披掛上馬，提著大砍刀，也帶著五百騎兵便出了寨門。

兩軍對野，在漢軍營寨前面拉開了架勢，嚴顏瞅著黃忠，黃忠看著嚴顏，年紀相仿的兩個人都有點針鋒相對的味道。

「你就是嚴顏？」

黃忠策馬而出，舉著手中的九鳳朝陽刀，指著嚴顏問道，就連看嚴顏的眼神都帶著幾分輕蔑。

嚴顏也向前策馬走了幾步，與黃忠的輕蔑截然相反，反而畢恭畢敬地朝黃忠抱了一下拳，說道：「在下嚴顏，見過赫赫有名的黃將軍。」

「不必多說，我今次來，要單獨搦你出戰，你可願意和我一較高下？」黃忠發出戰帖道。

嚴顏暗道：「黃忠乃華夏國五虎大將軍之一，若是能戰勝他，就能提升我軍士氣，從而激勵士卒，與華夏軍血戰……」

一想到這裡，嚴顏便道：「有何不敢？」

黃忠道：「單打獨鬥，生死有命，你我皆是年過半百之人，征戰沙場多年，今日打鬥，你儘管使出全力。」

「久聞將軍大名，若在下武藝不精，死在將軍手下，也是在下的榮幸。」嚴顏客套地說道。

在嚴顏的心裡，很清楚華夏國五虎大將軍的分量。華夏國中，五虎大將軍，四個人皆是年輕一輩，只有黃忠一個老將，就不難看出黃忠的本領，所以他很是小心。

「廢話少說，兵器上見分曉！」

「請！」

黃忠、嚴顏各自吩咐士兵向後退一段距離，空出一片地方來，兩人拍馬舞刀，一起向對方衝了過去。

二人都拿出了看家本領，一出手便是殺招，力求速戰速決。

「噹噹噹！」一陣兵器碰撞後，兩人的第一回合便結束了，稍微分開，急忙調轉馬頭，再次相向衝去。

黃忠今天沒有騎獅子驄，原因是獅子驄對雪地很討厭，所以換了一匹普通的軍馬，因而沒有太多的優勢；再說他是帶著使命來的，自然有他的打算。

第一個回合過後，兩人旗鼓相當，但是第二個回合，黃忠便開始使出他平生絕技：九鳳朝陽刀法，配合著手中的九鳳朝陽刀，一連串的招式朝嚴顏身上猛砍了過去。嚴顏立刻落在下風，但是憑藉自身的武力，倒也能應對。

兩人連鬥了五個回合，嚴顏才知道黃忠的厲害，對黃忠心生佩服，同時也不敢掉以輕心。

黃忠並未使出全力，但是為了達到目的，不得不先讓讓嚴顏敗在自己手下一次。

雖然郭嘉替他出了主意，但是被敵方將領俘虜，實在不是什麼光彩的事，於是他想先俘虜嚴顏，然後放了他，再故意賣個破綻，讓嚴顏俘虜自己，一人一次，算是扯平了，以後同朝為官，倒也是誰也不欠誰的。

這場戰鬥，根本沒啥懸念，黃忠實力遠在嚴顏之上，若黃忠使出全力，二十個回合之內，絕對能夠將嚴顏斬於馬下，**可惜高飛要的不是嚴顏的人頭，而是一個完好無損的嚴顏，並且還要讓嚴顏歸心。**

黃忠邊打邊想，在和嚴顏戰到第十個回合時，突然一招鳳鳴九天，刀法漫天散開，密集地將嚴顏罩在他的刀網之下，然後以刀背重擊嚴顏背部一下，直接將嚴顏擊打到了馬下。

嚴顏吃了一驚，本來黃忠實力和自己相當，怎麼突然來了一招猛的，讓他防不勝防，直接被黃忠擊落馬下，重重地摔在了地上。

他還沒有反應過來，黃忠的一口九鳳朝陽刀便橫在他的脖頸上。嚴顏心中一橫，閉上眼睛，堅毅地說道：「技不如人，你殺了我吧。」

黃忠道：「你的武藝確實不如我，不過我見你也是一個將才，殺了你也怪可惜的，不如你投降吧。」

「只有斷頭將軍，安有投降將軍？你若殺便殺，戰場上生死有命，我怨不得他人。」嚴顏聽了怒道。

「那我真的要砍你的頭啦？」

「砍頭就砍頭！」嚴顏剛正不阿地說道。

黃忠看後，搖了搖頭，收起手中的大刀，撥馬便走。

嚴顏睜開眼睛，看到黃忠不殺他，叫道：「你別走啊，你還沒有殺我呢？」

「螻蟻尚且貪生，何況人乎？你年紀一把了，把你殺了怪可惜的，何況你的武藝其實不錯，如果今天不是遇到我，或許你能夠斬殺更多的人，姑且放你一馬，明日我倆再戰，你若再執迷不悟，休怪黃某刀下無情。」

說完，黃忠便帶著五百騎兵盡數退走。

嚴顏從雪地上爬了起來，當著眾多將士的面被人放了，臉上有些罩不住。此時又聽到背後議論紛紛，諸如什麼「連大將軍都敗了，我等就更不是敵手了」之類的閒話，更是滿臉羞愧。

他轉過身子，無意中掃見城樓上站著一個人，那人正是他的皇帝劉備，眼神中充滿了戾氣，像是在怨恨，又像是在懊惱。

他看見劉備轉身下了城樓，重重發誓道：「明日再戰，我必然要使出全力，即使不能取勝，也不能苟活。」

收拾兵馬，撤兵回營，嚴顏便開始苦思要如何對付黃忠。

不多時，劉備派人來，送來金銀布帛，並且將座下的盧馬賜給嚴顏，又讓人安慰嚴顏，沒有絲毫的指責，這讓嚴顏感到更是羞愧，同時更加堅定了對劉備的忠心，誓言明日要拼盡全力，活捉高飛。

今天這一戰，高飛亦是親自觀戰，看到黃忠非但沒有敗給嚴顏，反而戰勝嚴顏，起初稍微有些不理解。

但是當黃忠放走嚴顏之後，他的臉上忽然笑了起來，扭頭問道：「奉孝，這是你給老將軍出的主意吧？」

郭嘉否認道：「不是，臣只是告訴老將軍要敗給嚴顏，然後以言語相勸，臣再用反間計，配合老將軍挑撥嚴顏和劉備的關係，讓其產生誤會，然後動搖嚴顏對劉備的忠心。」

高飛聽後，笑道：「呵呵，你的計策太複雜了，不過老將軍今天放走嚴顏，卻是一件好事，看來老將軍的那頓酒是白請你了，他還是按照自己的意思來。以我猜測，**老將軍是想先勝後敗，嚴顏感念其恩，必然也會放了老將軍，這樣一來，根本不用什麼反間計，劉備對嚴顏就會產生更大的誤會了。**」

郭嘉佩服道：「老將軍智勇雙全，而且此法比臣的計策更加簡單而且實用，臣甘敗下風。」

「呵呵，不要小看我們軍中任何一個人，急中生智，每個人都是一個好軍師。為了以防萬一，你將反間計也一起用上，這樣的話，劉備必然會深信不疑。」高飛感慨道。

「諾！臣這就派人去散布謠言。」

當天，郭嘉讓情報部潛伏在襄陽城中的工作人員們大力散布謠言，說今日黃忠放了嚴顏，其實是嚴顏早有投降之心。

一時間，謠言四起，很快便傳到劉備的耳裡。

「陛下，不好了，現在鬧得是滿城風雨，說大將軍今日之敗是故意的，是有意要投降華夏軍……」簡雍從外面跑了來，一進入大殿便大聲嚷道。

劉備聽後，皺起眉頭，道：「此話何處聽來？」

「滿城皆知！」

「此必是華夏軍的謠言，想離間陛下和大將軍，然後讓陛下殺掉大將軍，這是借刀殺人之計啊。」伊籍在側，急忙闢謠道。

「陛下，謠言不可信，陛下對大將軍不薄，大將軍絕對不會背棄陛下的。」孫乾也勸道。

「臣亦是這樣認為。」糜竺亦附和道。

劉備點點頭道：「朕明白了，你們且下去，待明日讓嚴顏與黃忠再戰，觀看其戰鬥便知。」

「諾！」

眾人走後，劉備的心裡卻很不好受，因為**連關羽、張飛、田豫、諸葛亮、和洽都背棄他了，嚴顏真的就不會背棄他嗎？**

想了片刻，劉備叫來一個人，讓其去嚴顏軍中做監軍，並且下達了密令。

第二天清晨，黃忠又帶著五百騎兵前去嚴顏的營寨搦戰。

這一次，高飛、劉備等人都早早的等候在那裡，極目四望。

今天，嚴顏騎著一匹的盧馬，身披連環鎧，顯得格外的精神奕奕。

「黃忠，昨日我輸給了你，今日我一定要將你斬殺，你放馬過來吧！」

萬眾矚目之下，嚴顏騎著的盧馬，手持砍刀，一聲大喝之後，便巍然地站在那裡。

黃忠道：「既然如此，我也不會對你客氣的。」

話音一落，兩人便同時策馬而出，立刻混戰在一起，雙刀看走，你來我去。

黃忠立馬感覺到今日的嚴顏已非昨日的嚴顏，因為今日嚴顏的刀法顯得尤為剛猛，看來是抱著必死的決心與他一戰。

既然死都不怕了，所以嚴顏出招只有殺招，以進攻來彌補自己防守的不足。一番快攻之後，嚴顏竟然略占上風。

黃忠也是吃了一驚，這嚴顏和昨日簡直判若兩人，出刀的速度和角度都十分的犀利，貌似研究了很久自己的刀法，逼得他竟然無法使出九鳳朝陽刀。

五個回合後，黃忠大喝一聲，九鳳朝陽刀猛地向前一揮，當空劈了下來，朝嚴顏的頭頂落去。

嚴顏一驚，急忙舉刀遮擋，哪知黃忠的這一刀是虛招，刀頭忽然改變方向，居然以柄端掃了過來，正好是嚴顏毫無防備的地方。

「砰！」一聲悶響，黃忠將嚴顏掃落馬下，嚴顏在瞬息萬變中緊緊地拽著黃忠的刀柄，借著身體下墜的力道用力一拉，將黃忠也一併拉下了馬背，兩人一前一後的摔在雪地上。

嚴顏虎視眈眈的看著黃忠，兩個人幾乎在同時用手掌撐地而起，然後舉著自己手中的大刀繼續廝殺。

襄陽城上，劉備看得血脈賁張，叫道：「這才是朕的大將軍！」另外一邊，高飛卻露出一抹淡淡的笑容，說道：「黃忠故意如此，真是辛苦他了。」

黃忠、嚴顏在地面上廝打，沒有馬匹，比的就是刀法上的招式了，黃忠的九鳳朝陽刀刀法巧妙異常，一經使出，連綿不絕的招式便源源而出，舞得虎虎生風，四周地上的積雪亂飛。

嚴顏也毫不示弱，他想了一夜對付黃忠這套刀法的招式，看到黃忠使出來後，便立刻見縫插針，對症下藥，雖然看起來雜亂無章，卻是化解黃忠刀法的妙招，弄得黃忠一陣懊惱，前面十餘招竟然無法傷及嚴顏。

不過，也正是因為如此，才讓黃忠對嚴顏產生了佩服之心。

正所謂薑是老的辣，嚴顏就是不折不扣最辣的那個，因為至今為止，能想出破解他這套九鳳朝陽刀的，也只有嚴顏一人而已。

高飛在一旁觀戰，本來以為這是一場毫無懸念的戰鬥，可是嚴顏的突然發威，卻讓這場戰鬥充滿了變數。因為，他看到黃忠並非是假裝示弱，而是真正被嚴顏弄得無法奈何，不禁擔心起黃忠來。

又是一陣你來我往，當黃忠前面九招舞動完畢，揮動第十招時，嚴顏的招式突然生出變故，竟然無法再抵擋住黃忠。

原因很簡單，那就是嚴顏昨日見黃忠使用過那九招，所以將那九招映在腦海裡，苦思冥想了一夜，才想出化解那九招攻擊的辦法。

但是，黃忠現在使出的是後面的招數，他只覺得似曾相識，卻完全摸不到頭緒，一時無措，又落在了下風，只有躲閃遮擋的份，完全無法反擊。

劉備等人在城牆上圍觀，看到嚴顏又落了下風，不禁一陣洩氣。

這時候，黃忠的刀法越舞越快，圍觀的人只能看見陣陣刀光，以及在陽光下折射出的光芒，刀鋒所過之處，地面上積雪飛舞，那套九鳳朝陽刀，讓黃忠舞得出神入化。

刀氣縱橫，連黃忠背後的那五百名騎兵都能感受到，情不自禁地開始為自己的將軍打氣，嚴顏背後的漢軍也吶喊起來。

一時間，喊聲陣陣，兩軍的助陣聲此起彼伏，可見這場戰鬥的精彩。

「我太低估他的實力了，如此下去，怕只有死的份了……」嚴顏被黃忠逼得無可奈何，心中暗道。

忽然，黃忠腳下一滑，一個踉蹌摔倒在地上，背部著地，摔了個四腳朝天，連手中的九鳳朝陽刀也被甩了出去。

劉備看見這一幕，興奮地叫道：「此時還不動手，更待何時?!」

嚴顏聽後，縱身一跳，舉著大砍刀便朝黃忠的頭顱上劈去。

高飛見後，不禁皺起了眉頭，心道：「老將軍，**你這是在以命相賭啊**，萬一那一刀落了下去，你就真的沒命了……」

觀戰的華夏軍將士無不大罵嚴顏趁人之危，而黃忠似乎跌到了腰，努力的掙扎著卻起不來，抽出腰中佩劍的手也慢了半拍。

可是，誰都沒有注意到，黃忠的嘴角露出了一抹似有似無的笑容，轉瞬即逝，讓人尋不到半點痕跡。

眼看大砍刀就要落在黃忠的頭上，森寒的刀鋒突然停止了，就在黃忠的頭盔上方大概幾公分的位置，嚴顏撤去了刀鋒。

「昨日你沒殺我，今日我也不殺你，咱們兩個算是扯平了，你且回去，明日再做生死之戰！」

說完這句話，嚴顏將大砍刀矗立在地上，向後退了幾步。

劉備看到這樣的一幕，肺都要氣炸了，戰場上，生死有命，眼看就要把黃忠給斬殺了，可是嚴顏竟然收刀了。

他陰著臉，猛地一掌拍在城垛上，可是城垛太堅硬，紋絲不動，反而將他的手給震得生疼。

他怒不可遏地指著嚴顏，大聲罵道：「朕要你何用？格殺勿論！」

劉備大怒咆哮，響徹天地，尤其是最後四個字，喊的更是響亮，配合著手上的動作，只見一支羽箭飛快地朝嚴顏的背心射去。

黃忠還沒起身，看到嚴顏背後有人放出冷箭，急忙翻身而起，一腳將嚴顏踹開，那支羽箭從嚴顏和他中間掠過，直接射在地上，沒入了雪地裡。

「嚴顏叛國通敵，爾等將其格殺勿論！」

劉備見黃忠主動去救嚴顏，聯想起昨天的謠言，對嚴顏反叛自己更加深信不疑，怒吼道。

於是，被劉備派到嚴顏軍中做監軍的人，立刻讓準備好的弓弩手開始朝嚴顏一陣猛射。黃忠見狀，一個鷂子翻身便將嚴顏撲倒在地，但是左臂上還是中了一箭，鮮血直流。

嚴顏從劉備大怒開始，便決定要以死謝罪了，可是沒想到黃忠會救下自己，而且甘願為自己受傷。**他心中徹底迷茫了，自己的忠義，難道換來的就是這些嗎？**

忽然，他看見又一簇箭矢朝黃忠的背上射來，大叫一聲小心，同時抱緊黃忠，在雪地上滾動著，以躲避大部分的箭矢，不幸背上仍中了兩支箭。

兩員老將惺惺相惜，彼此救護，不知不覺間，結下了一層超越常人的深厚友誼，正所謂患難見真情，大概也不過如此。

此時，華夏國虎牙大將軍張遼策馬而出，帶著一群披著重裝甲的騎兵擋在黃忠和嚴顏的身前，與此同時，文聘、張謙從左右兩翼殺出，同樣是全副武裝的重騎兵，踏著渾厚的步伐，攻向漢軍在襄陽城外的大營。

幾乎在同一時間，李典、樂進、朱靈、呂曠、呂翔、鮮于輔、田疇等將，也對襄陽城的其他三個城門發動了攻擊，投石車將一個個如西瓜般大的黑色圓球拋向高空中，那個黑色圓球上還冒著火星。

漫天都是那些黑色冒著火星的物體飛舞著，一碰觸到襄陽城的城牆時，便發出「轟」的一聲巨響，城牆上立刻出現一個大洞，石屑亂飛，士兵被巨大的衝擊力炸飛。

一時間，整個襄陽城的城牆都在顫抖，士兵們面對那黑色裂變帶來的巨大威力，皆是目瞪口呆，那麼點大的東西，怎麼會有如此大的威力！

漢軍將士不斷聽到震耳欲聾的爆炸聲，「轟隆」的聲音響個不停，華夏軍的攻城部隊還未衝到城牆那裡，站在城牆上的漢軍便已經被炸得四分五裂，血肉模糊了，守城的將士一哄而散，紛紛逃下城樓，不敢靠近。

「咚咚咚……」

一陣急促的戰鼓聲響起，襄陽城外圍衝出無數的華夏軍士兵，每個人都精神抖擻，興奮異常，扛著雲梯向前猛衝。

與此同時，藍天白雲的下面，襄陽城的上方，一個個猶如大鳥一樣的東西伸展著翅膀在空中盤旋著，成百上千的三角翼被人駕駛著在空中飛舞。

「人……會飛的人……」襄陽城的百姓中，一個小孩指著天空中不斷盤旋下降的三角翼，驚訝的說道。

華夏軍對襄陽城發起了總攻，這是高飛早就計畫好的，讓黃忠和嚴顏打鬥，無非是吸引兩軍的視線，讓人把注意力全部集中在黃忠和嚴顏身上，從而忽略其他三個城門的防守。

「轟隆！轟隆！轟隆！」

爆炸聲不停地響著，只片刻功夫，襄陽城上空就硝煙瀰漫，到處都充滿了刺鼻的火藥味以及血腥味。

與此同時，華夏軍的空軍正式登場，三千名苦訓五年，控制三角翼的士兵從高空中不斷盤旋而下，一個接一個的降落在襄陽城的城裡，完成了突入襄陽城的第一道程序。

空軍士兵一經降落下來，便迅速集結在一起，從背上取下盾牌、手持連弩，在城中射擊前來抵擋的漢軍士兵。仍在空中盤旋的士兵則從空中對地面發動攻擊，採取倒掛金鉤的方式，居高臨下，用連弩射擊城內的守軍。

漢軍如何見過這種場面，本來以為是一群大鳥，直到華夏軍的空軍士兵逼近時才知道是人，而且還是會攻擊的人，等到他們反應過來時，早已經遲了。

城外投石車繼續向襄陽城拋射著華夏國精心研製的炸藥，威力無窮的炸藥炸開城門，炸毀了城牆，使得士兵省去了人力的工夫，直接衝進城裡。

漢軍對鋪天蓋地而來的華夏軍根本是猝不及防，城內士氣低落，人心惶惶，遇到奮勇殺敵的華夏軍士兵根本不堪一擊，為了尋求活命的機會，大家紛紛投降。

片刻功夫，襄陽城內亂作一團，百姓們逃回家中，閉門不出，襄陽城的街巷中只見軍人的影子，有些不願意投降的士兵負隅頑抗，最後全部被攻入城中的華夏軍盡皆屠戮。

華夏軍裡應外合，很快便占領了北門，緊接著，密集如同螞蟻一般的華夏士兵從北門迅速湧入城中，一分為三，分別朝南門、西門、東門殺去。

城外，張遼、文聘、張謙率領著鐵浮屠，以無堅不摧之勢橫掃著戰場上的敵人，鐵浮屠一出，很快便攻破了漢軍在城外立下營寨的第一道防線，給他們的心理造成極大的震懾作用。

防線一潰，漢軍頃刻間便整個瓦解，失去了大將指揮的士兵，四處亂竄。

劉備站在東門的城樓上，耳邊爆炸聲不斷響起，面前鐵浮屠攻破了城外的營寨，城內也多處被占領，他忽然覺得這是一個莫大的諷刺，哈哈大笑了幾聲後，見身邊士兵盡皆膽寒，當即抽出雙股劍，殺了旁邊兩名士兵，憤恨地看著遠處的高飛，叫道：

「高子羽！朕就在這裡，你來殺我啊……哈哈哈……」

高飛站在高處，拿著望遠鏡觀看戰局。

只見襄陽城的北門、南門、西門都插上了華夏軍的大旗，空中盤旋的空軍也盡數降落，襄陽城周邊變得殘破不堪，城內除了少數冒著黑煙外，其餘一切安好。

他笑了起來，這才是華夏軍真正的實力，攻城不到半個時辰便宣布告捷，剩下的只是劉備在東門一隅的漢軍，而城外的營寨，漢軍在鐵浮屠的優勢之下也盡皆投降。

高飛心情大好，下令道：「傳令城內，讓李典、樂進帶兵殺向東門，堵住甕城的城門，除了劉備以外，其餘人全部格殺勿論，讓張遼、帶一隊步兵堵住東門的城門，所有投石車停止射擊，再令鮮于輔、田疇、呂曠、呂翔、朱靈控制城內所有機要之處，任何人膽敢動百姓一針一線者，軍法從事。」

「諾！」

「奉孝，我們去看看黃老將軍和嚴老將軍。」

「諾！」

言畢，高飛帶著郭嘉和幾名禁衛，直奔黃忠的營寨。

此時，隨軍的外科鼻祖華佗已經對黃忠和嚴顏的箭傷進行了處理，也包紮好了起來。

高飛、郭嘉一到，只見嚴顏趴在臥榻上昏睡過去，而不見黃忠的蹤影，高飛急忙叫來守營的兵士，問道：「大將軍呢？」

「啟稟皇上，大將軍帶兵上陣殺敵去了。」

「黃老將軍真勇將也，輕傷不下火線，實在令人佩服。」

說完，高飛讓人好好照顧嚴顏，和郭嘉來到襄陽城下。

此時，被堵在東門一隅的劉備等人已經無路可去，四周都是華夏國的士兵，有不少漢軍承受不住心理上的壓力，紛紛舉手投降。

高飛來到東門城下，見黃忠、張遼等人在一起，黃忠左臂上的綁帶已經被鮮血滲透，擔心道：「老將軍，你的傷……」

「皇上，我才五十，我不老，這身板還可以再替皇上征戰二十年，切勿再叫我老將軍了。」黃忠拍著胸膛說道。

「黃將軍勞苦功高，此時大局已定，黃將軍還是去換換藥吧，看你這情況，像是傷口迸裂了。」高飛苦勸道。

黃忠堅持著不下戰場，經不住高飛苦勸，才在親隨的陪同下離開戰場。

此時，劉備身邊的人越來越少，士兵大多都棄劉備而去，簡雍、孫乾、糜竺、伊籍則圍繞在劉備的身邊，絲毫沒有一點的害怕，反而比那些當兵的要顯得更加武勇。

真正的勇士，應該是不怕死的，劉備身後的這四個文士做到了，可是一些自詡為天不怕地不怕的將士卻做不到這一點，人與人之間差距還是很大的。

「劉玄德！如今大勢已去，快放下兵器，來我這裡投降，我不會為難你的。」高飛看著城樓上的劉備，大聲地喊話道。

「狗賊！朕乃大漢的皇帝，豈能降你這個亂臣賊子？」

劉玄德也知道大勢已去，可是現在他唯一有的只有這份尊嚴而已，說什麼也得堅持下去。

「你降與不降，都已經沒有什麼意義了，如今漢國氣數已盡，就算我放了你，你也掀不起什麼大浪來，不如主動獻土投降，我還能讓你做個不愁吃不愁喝的逍遙自在侯。」

「哈哈哈……朕乃堂堂大漢的皇帝，是名正言順的正統皇家血脈，你們統統都是亂臣賊子，人人得以誅之！你要殺要剮，悉聽尊便，少在那裡跟朕廢話！」

劉備寧死不降，骨子裡倒是透著一股剛正。

「大漢？大漢早已經亡了，就算我不來攻打你，再給你個百八十年，你也未必能夠撼動我華夏國的地位。相反，這次我雄師下江南，為的就是完成統一大業。你若不降，我也不為難你，且問問你身後四位大臣是否願意投降，我華夏國海納百川，只要真心歸附，就有你們發展的前景。」

「我們寧死不降！」簡雍、孫乾、糜竺、伊籍四位大臣異口同聲地說道。

就在高飛和劉備說話的時候，更多的漢軍離開了劉備，不一會兒工夫，整個東門上就只剩下劉備、簡雍、孫乾、糜竺、伊籍五個人，望著滿地都是華夏國的士兵，這種場面，恐怕劉備做夢都沒有想過。

劉備以為，他就算得不到所有人的忠心，至少也會有一半，**可是，到今天，他才得到了四個人的忠心，當真是可憐、可悲。**

「哈哈哈哈……」劉備放聲大笑了起來，手中握著雙股劍，直接架在自己的脖子上，準備自刎而死。

「陛下！臣等先去了！」

簡雍、孫乾、糜竺、伊籍四個人同時抽出佩劍，異口同聲地說了聲後，便抹了脖子，鮮血噴湧而出，濺在劉備的身上。

劉備看著四位愛卿就這樣離他而去，不禁流出了熱淚，不知道是被這四個大臣的愚忠而感動，還是為自己的下場而傷感。

正當劉備想要抹脖子的時候，高飛一箭射了過去，直接射中劉備的右臂，使劉備握著雙股劍的手自然地垂落下來。

這時候，早已慢慢逼近劉備的李典、樂進二人，直接將劉備給按倒在地上，然後五花大綁，口中塞住東西，以防止劉備自盡。

很快，李典、樂進便押著劉備下了城樓，來到高飛的面前。

高飛翻身下馬，看到劉備這個下場，便道：「朕和你好歹也是兄弟一場，不忍殺你，當年你若跟著朕走，早已經封侯拜相，何至於有此下場？今日大勢已去，朕姑且放你歸去，你隱姓埋名也好，或者是另投他處也罷，朕都不想再見到你。你走吧！」

劉備的眼裡充滿了疑惑，張遼、文聘、李典、樂進等人聽後則是為之一驚，

怎麼高飛又要放走劉備？

眾人急忙跪在地上哀求道：「皇上，劉備放不得，放了他，就等於放虎歸山啊，萬一……」

「夠了！朕是皇帝，朕的話，就是聖旨，任何人不得違抗。」高飛怒道。

隨後，高飛讓人將的盧馬牽來，讓所有人讓開一條路，給劉備鬆綁了，便讓的盧馬托著劉備離去。

高飛看著劉備走遠，暗暗想道：「如果我真的殺了劉備，只怕關羽、張飛這輩子都不會跟隨我了。劉備已經完全失去了崛起的根基，即使放了他，也不過是一個人罷了。」

西元一九六年，華夏國神州六年，冬十二月，初三，晴。

這一天，華夏國神州大帝親率大軍二十萬，攻克了荊漢的都城襄陽，荊漢國滅。

也是在這一天，曹魏於七天前攻克蜀漢國都成都的消息傳來，**蜀漢國滅，至此天下一分為三，正式結束了漢末諸侯紛爭的時代，而新一輪的角逐，也在三國之間正式拉開了序幕……**

長沙。

孫策、周瑜站在長沙城的城樓上，眺望著城外的漫山遍野的漢軍，心裡都是一陣不好受。

吳軍南下，想搶在諸葛亮的前面保護荊南四郡，可惜還是遲了一步，如果不是他們行動迅速，只怕連長沙都不保了。

山雨欲來風滿樓，就在幾天前，武陵首先爆發了反抗吳軍的戰鬥，也不知道那些五溪蠻人是從何處出現的，突然就開始圍攻太守府，吳軍措手不及，蠻人又人多勢眾，最後太守被迫退出了武陵，大敗而歸。

隨後幾天，零陵、桂陽兩地也發生了類似的情況，吳軍突然遭受到蠻人的襲擊，損失慘重，被迫撤退，三郡兵力紛紛退到長沙城裡，孫策、周瑜的大軍正抵達長沙城，遇到長沙城內蠻人發動叛亂，聯合鎮壓之後，長沙城終於沒有失陷。

可是，就在第二天，諸葛亮帶領八萬漢軍以及三萬五溪蠻軍便包圍了長沙城，讓吳軍對諸葛亮都覺得有點恐懼了。

「公瑾，諸葛亮不是要投降華夏軍嗎，為什麼他在江陵不投降，還要跑過來和我們爭奪荊南四郡？」孫策望著城外的漢軍，不解地道。

周瑜的箭傷並不礙事，但是對第一次受傷的他來說，還是有點疼痛的，而且這傷是諸葛亮留下來的，他看到城外的大旗上飄展著「諸葛」兩個字，心中就是一陣怒意。

「這就是諸葛亮的聰明之處，華夏國人才濟濟，他若只是獻土投降，高飛肯定給不了他什麼大官，但如果他是以荊南四郡作為進身之階，那就不一樣了，他手中還握有兵馬，只要他不想離開荊南四郡，高飛也拿他沒辦法，而且華夏國的人也安插不進來。諸葛亮有自己的如意算盤要打，可是我們絕對不能讓他得逞，不然我軍死去的將士就白死了。」周瑜憤恨地說道。

「我明白了。公瑾，你說我要是將諸葛亮招降了，那又會是什麼樣的結果？」

「如果諸葛亮真的願意投降，那是再好不過了，怕就怕他不降。陛下，你要打算招降諸葛亮嗎？」周瑜狐疑地問道。

孫策道：「諸葛亮才智過人，確實是一個人才，而且他手中握著那麼多的兵馬，漢國大勢已去，華夏國能給他的，朕也同樣可以滿足他。甚至朕可以給予比他在華夏國更加優異的條件，朕就不信朕還收降不了他。」

「如果諸葛亮一心想投降華夏國呢？」周瑜問道。

「先禮後兵，那就別怪朕不客氣了，朕親自出戰，殺諸葛亮一個天翻地覆，讓他見識一下朕的厲害，逼他投降。」孫策說這句話的時候，眼神裡冒出了一絲寒光。

「那臣願意去和諸葛亮交涉一番！」周瑜抱拳道。

「不！朕親自去，這才顯得隆重。」

言畢，孫策轉身下樓，讓人備馬，他全身披掛，帶著百餘親騎便出了長沙城，快要抵達漢軍營寨時，便讓人去喊話，說是要見諸葛亮。

諸葛亮此時正在營帳中謀劃著如何攻城，身邊環繞著沙摩柯、傅彤、廖立、劉琰、許靖、劉敏、傅士仁、費觀、張南、馮習諸位文武，忽然間進來一個小校，說吳國皇帝孫策邀請諸葛亮一敘。

「丞相，吳國的狗皇帝耍什麼花招？這個時候約你敘舊？丞相連見都沒有見過那個狗皇帝，何來的舊可以敘？」沙摩柯當即說道。

眾將也都隨聲附和，這些人都是諸葛瑾的舊部，和諸葛亮在荊南的時候就相識了，但是在漢國卻一直得不到劉備的重用，只能說是劉備沒有識人之能。

尤其是廖立，他還曾經誹謗過劉備，當時被劉備打入大牢，貶為庶民，終身不得錄用。

還有劉琰，他很早就跟隨劉備了，當年劉備在徐州的時候，他就跟隨劉備了，只不過劉備卻從未把他當做人才，只是當做一個同宗對待，任何時候都不會問計於他。劉琰索性也就不管那麼多了，自由自在，吃喝不愁，逐漸養成了懶散作風。

許靖倒是有些特別，他和許劭是兄弟，可是兩個人的關係自幼就不和，雖然許靖也在劉備帳下，但是因為有許劭在，從未見過劉備。

另外諸如費觀、傅士仁、劉敏、馮習、張南等等，都是一些不得志的人，以前是劉表的部下，後來劉備接管荊州之後，本以為能夠建立一番功勳，結果什麼都是狗屁，在荊州五年，卻連動都沒有動過，依然是原職。

要說荊州是人傑地靈之地，這話一點都不假，在各處都是戰亂的時候，荊州卻相對安定，自然就成為了避難的地方。

可是，這麼多人才，也要有一個伯樂發現才好。自從兩年前諸葛亮陰差陽錯的投靠劉備之後，便有了打算，私下走訪荊州，和各級文武交談，憑藉著個人魅力，和他們成為忘年交，逐漸奠定了自己的人脈基礎。

所以，當他一受到劉備重用，掌握大權之後，便立刻給自己的這些人脈加官進爵，而且全部調集在諸葛瑾的帳下，讓其兄代為管轄。不得不說，諸葛亮的這一做法很得人心，以至於江陵城內的十萬大軍都甘願聽從諸葛兄弟的號令。

諸葛亮聽到孫策要見他，便呵呵笑道：「諸位不用慌張，我自有打算。摩柯，你跟我走一趟，其餘人緊守營寨。」

「丞相，那孫策號稱小霸王，武力超群，丞相只帶沙將軍一個人去，是不是太危險了？」傅彤急忙說道。

「哼！你是看不起俺老沙是不是？什麼小霸王，就算是西楚霸王項羽來了，俺也不怕！俺老沙憑藉著這鐵蒺藜骨朵，殺他娘的！」沙摩柯怒道。

「沙將軍，我不是這個意思，而是擔心丞相……」傅彤急忙解釋道。

「不用擔心了，孫策是來招降我們的，不會對我們有惡意。再說，有摩柯在，孫策要想行凶，也不會那麼輕易的得逞。」諸葛亮道。

於是，諸葛亮帶著沙摩柯出了營寨。

到了營寨門口，遙遙就望見孫策威武地站在中間，身後的親隨也沒有攜帶武器。

諸葛亮帶著沙摩柯便向前走了過來，兩下會面之後，沙摩柯虎視眈眈地瞪著孫策，可是孫策卻一臉的和藹，見到諸葛亮來了以後，便道：「諸葛丞相，見你一面真難啊。」

「呵呵，其實，應該說我見陛下一面很難，不知道今日陛下相邀，有何見教？」諸葛亮笑著說道。

「見教不敢當，不過是想和諸葛丞相敘敘舊罷了。」孫策仍舊是一臉和藹，對於沙摩柯的虎視眈眈，像是沒有看見一樣。

沙摩柯可不管，他雖然不懼怕孫策，但是對方畢竟人多勢眾，萬一孫策突然發難，行刺諸葛亮，他也好行保護之責才對。

諸葛亮笑道：「我和陛下今天不過才第一次見面，何來的舊可以敘？」

「此言差矣，我東吳和荊漢乃是鄰國，並立數年，互有爭鬥，兩國也各有死傷。這些年來，我們都算是鄰居，自然是舊識了。」孫策道。

諸葛亮笑道：「呵呵，陛下此來，並非只是為了敘舊吧？」

「諸葛丞相是聰明人，我也不再拐彎抹角了，如今漢國大勢已去，也許在我們談話的時候，襄陽城就已經被華夏國攻破了。諸葛丞相卻在這裡負隅頑抗，苦苦爭奪荊南四郡，無非是想借用荊南四郡有個進身之階，然後投降華夏國對不對？」孫策問道。

諸葛亮沒有否認，但也沒有承認，只是一臉和氣的笑著。

「其實，你我都知道，華夏國人才濟濟，兵強馬壯，就算丞相去了，也未必有用武之地。反倒是我東吳的發展潛力很大，只要你願意歸順我吳國，朕便可以讓你和公瑾並列，一人統領一半吳國兵馬；朕還可以破格封你為王，替朕固守邊疆，以防外敵。朕聽說諸葛丞相尚未婚配，我江南美女多不勝數，朕可以為諸葛丞相親自挑選配偶，不知道諸葛丞相意下如何？」

「這件事事關重大，我需要好好的考慮一下，因為我的兄長已經投降了華夏國，如果我投降吳國，恐怕華夏國會拿我的兄長和家人作為要脅。陛下的好意我心領了，我需要一段時間考慮。」

孫策聽後，顯得有些歡喜，問道：「諸葛丞相大概需要幾天時間考慮？」

「三天，三天時間足矣。三天後的這個時候，我親自給陛下答覆。」

孫策突然伸出手掌，沙摩柯急忙擋在諸葛亮的面前，喝道：「你要幹什麼？」

「我不幹什麼，我只是想和丞相擊掌盟誓而已。」孫策見沙摩柯的反應如此迅速，倒也是吃了一驚。

沙摩柯伸出自己的手，說道：「怕你耍詐，和我擊掌即可。」

孫策也不見怪，見諸葛亮點點頭，笑道：「也好。」

「啪啪啪！」

三聲響後，孫策轉身便走，一邊走一邊說道：「諸葛丞相，三天後，記得給朕答覆。」

「一定。一定。」

孫策從城外回來後，周瑜急忙問道：「陛下，諸葛孔明怎麼說？」

孫策走進太守府的大廳，下人們倒了一杯酒給端了上來，一飲而盡後說道：

「我向他說明了情況，拋出籌碼，見他面容鬆動，想必已經有所心動，只是，他說他的家人都在江陵，此時若投降了我國，怕是家人要遭受磨難，所以需要想一個萬全之策，要考慮考慮。」

周瑜急忙追問：「他要考慮多久？」

「三天。」

「三天？是不是太久了點？」

周瑜心中略微覺得有些不妥，而且他本來就不贊同招降諸葛亮，而是一心想把諸葛亮擊敗，擊敗他後，再逼迫他投降，跟現在的招降，有著很大的區別。

「不算久吧，才三天而已，就算他想耍什麼花招，有公瑾在這裡，他也莫可奈何。」

孫策繼續喝酒，今天他的心情很是愉快，因為他很快就可以招降到諸葛亮了，有諸葛亮和周瑜共同輔佐，那他的左膀右臂就算全了。

周瑜見孫策開心的樣子，卻很擔心諸葛亮從中耍什麼花招，想到這裡，急忙道：「陛下，臣以為諸葛亮不會那麼輕易投降的。如果他想投降的話，就不會帶兵和我軍廝殺了，當時只要他將江陵城獻給陛下，就是大功一件，可現在，他卻與我們在荊南爭鋒，這也就足以說明他是鐵定和我軍為敵了。陛下，還請三思而行啊。」

孫策放下酒杯，看到周瑜滿臉憂色，便道：「公瑾啊，我知道，一旦我招降了諸葛亮，必然會重用他，你怕我以後對你不會像從前那麼好了，對不對？」

「臣誠惶誠恐，斷然不敢有此邪念，臣這樣做，一切都是為了陛下，為了東吳，請陛下明察。」周瑜聽後，立即跪在地上，連忙叩頭道。

「公瑾！你對朕忠心耿耿，朕從未懷疑過，而且朕也知道，你不會有任何私心，但是，如果諸葛亮真的率眾納土歸降，朕又怎麼會不重用他呢？從這些天看諸葛亮的表現，連續擊敗我軍，確實有高人一等的智謀，如果能有這樣的謀士和公瑾一起輔佐朕，那朕何愁以後不能保家衛國，甚至是開疆拓土？」孫策連忙將周瑜給扶了起來。

周瑜皺著眉頭，不知道該說什麼好，如果說不同意，必然會被孫策認為自己存有私心，一心只想握著吳國大權，可是如果說同意的話，他又擔心諸葛亮有什麼陰謀。

想了片刻，這才說道：「臣明白，陛下如果真的想收服諸葛亮，又何必苦等諸葛亮的答覆？」

孫策聽後，一陣興奮，急忙問道：「公瑾有計策可以讓諸葛亮立馬投降？」

周瑜點點頭道：「只要派人到江陵城散布流言，說諸葛亮投降華夏國是假，想在荊南自立為王是真，這樣一來，華夏國必然會將諸葛亮的家人給綁起來，借此要脅諸葛亮。諸葛亮也必然會和華夏國翻臉，到時候陛下再去見諸葛亮，說其利害，則諸葛亮便會轉而投降我吳國。」

「可是，萬一此計不成呢，那司馬懿朕見過，智謀絕不亞於諸葛亮，也是一個不容易對付的人，此等流言，他又怎麼能夠輕易相信？」孫策質疑道。

周瑜尋思了一下，說道：「陛下先冊封諸葛亮為王，然後派使節通傳到華夏國，就說諸葛亮已經率眾歸附我軍了，先斷了華夏軍的念想，然後再派人去告知司馬懿，說諸葛亮大軍反叛，想自立為帝，攻勢猛烈，我軍抵擋不住，邀請華夏軍出兵援助，幫助我軍平定諸葛亮的叛軍。這樣一來，華夏軍不得不出兵討伐諸葛亮，我軍再從中作梗，促使兩軍交戰，那麼諸葛亮的歸路就徹底斷了。」

孫策聽後，哈哈笑道：「公瑾妙計！好，朕這就派人去按照公瑾說的做，另外通知朱然，大軍封鎖長江一帶，不允許任何人通過，徹底斷掉華夏國斥候的聯繫。」

「陛下英明。」周瑜笑了起來。

諸葛亮回到營寨後，也是一番緊鑼密鼓的安排，對諸位將軍說道：「我軍初到此地，人困馬乏，需要休整，不宜和吳軍開戰，我已經暫時穩定住了孫策，三日之內，必然不會發生什麼戰鬥，通傳各軍，三日之內，全部換上華夏軍的大旗，待三日之後，再換漢軍大旗。」

「諾！」

後來，諸葛亮又覺得不妥，當即吩咐各個將軍加強營寨的防守，同時將兵後撤五里，以防止突然發生的變故。

第三章

魚鱗陣

魚鱗陣，陣如其名，把兵團分成五到六段，一層壓一層，如同魚身上的魚鱗狀。大將位於陣形中後，主要兵力在中央集結，分作若干魚鱗狀的小方陣，按梯次配置，前端微凸，屬於進攻陣形。主要的戰術思想是「中央突破」。

長沙城內。

孫策剛剛傳下聖旨，先派出斥候去通告華夏國，諸葛亮已經投降了吳國，然後又讓陳武親自去江陵見司馬懿，搬救兵來討滅諸葛亮。

可是，又來了一個斥候，說諸葛亮兵撤五里，大軍全部換成了華夏國的大旗，一聽到這個消息，孫策便是一陣懊惱。

緊接著，又來了一個斥候，說華夏國攻克了荊漢的國都襄陽，荊漢徹底滅亡，而且劉備下落不明。

孫策聽到劉備的消息後，整個人像打了雞血一樣興奮，急忙說道：「你剛才說什麼？你再說一遍，劉備怎麼了？」

「劉備被華夏軍俘虜了，但是不知道什麼原因，高飛卻放了劉備，如今劉備下落不明。」

「該死的高飛，明知道劉備和我有殺父之仇，為什麼要放走劉備？你即刻去給蔣欽、潘璋傳令！讓他們帶兵從江夏開始搜索，務必要抓到劉備，然後五馬分屍，他二人若是完成了此項命令，朕就封他們為侯，賞千金！」

「諾！」

孫策又叫人找來周瑜，將諸葛亮換上華夏國大旗的事說與周瑜聽，周瑜聽後，只是淡淡一笑，說道：「諸葛亮此法已經暴露他的用意，陛下，不用再等諸葛亮的答覆了，應該立即出兵，攻殺諸葛亮。」

孫策道：「可是朕已經與諸葛亮擊掌盟誓，相約三日後再會，朕一言九鼎，豈能反悔？」

「陛下，你再仔細想想，今天你是和誰擊掌盟誓的？」周瑜笑道。

「沙……沙摩柯……」

孫策一想到這裡，忽然哈哈笑了起來，說道，「公瑾，就按照你的計策去辦，務必要將諸葛亮逼降。朕這就披掛上馬，親自出戰，你傷勢未癒，請坐鎮長沙，全權指揮即可。」

「諾！」

「啟稟大將軍，吳國大將朱然率領水軍阻斷了南渡的道路，我軍無法向南繼續前行，沿岸百里內，更無一艘船隻。」斥候跪拜在華夏國征南大將軍司馬懿的面前，將前面的情況彙報給司馬懿。

司馬懿擺擺手，冷笑道：「果然不出我之所料，幸好我早有準備，讓賈逵去通知甘寧了，這個時候也應該抵達了，你且去再打探打探，一有消息，便立刻通知我。」

「諾！」

諸葛瑾來到司馬懿的身邊，說道：「大將軍，如果無法渡江，那麼荊南四郡就會成為眾矢之的，舍弟大軍疲憊，糧草也並不充足，如果不能按時抵達，只怕舍弟和大軍都會有危險，還請大將軍思量……」

「我心中有數。孔明的妙計和我想到一塊去了，他以漢軍為名，和吳軍爭奪城池，我則帶領大軍隨後接收，這樣就可以兵不血刃的拿下荊南四郡。不過，周瑜的反應也很迅速，此時兩軍對峙在長沙城外，正是我出面調停的時候。」司馬懿道：「諸葛兄切勿慌張，一切都在我的計算之內，就算你不對我抱有什麼信心，也應該對令弟信心滿滿吧？」

諸葛瑾道：「一切全憑大將軍吩咐，只要能順利完成計畫就可以了。」

這時，荊漢國滅的消息傳了過來，司馬懿等人聽後，都是群情激奮，一行人在這天寒地凍的曠野中，頓時覺得心裡一陣暖洋洋的。

司馬懿命令大軍原地待命，可是心裡卻比任何人都急，盼望著甘寧的水軍能夠早些抵達，運送他們過江。

長江的江面上，吳國水軍的戰艦來回巡視，朱然在鬥艦裡面坐著，忽然有人闖了進來，說看見華夏國的水軍到來了。

朱然不信，親自登船眺望，果然看見甘寧率領著船隊溯江而上，浩浩蕩蕩而來，而且那船遠遠比他們的鬥艦還要大上一倍，船的兩邊是不停旋轉著的類似磨坊裡的那種翻車，也不需要人力在岸上拉縴，就能在江中行走自如，讓朱然大開眼界。

「這就是華夏國的水軍嗎？真是太壯觀了！」朱然看後，感嘆地說道。

遙見對面一艘船上，虎衛大將軍甘寧一身甲冑，站在獵獵寒風當中，舉目眺望，身後賈逵、鄧翔、郝昭、令狐邵、白宇等將一字排開，站在那裡，甚是威武。

朱然看見之後，急忙下令道：「快去擋住他們，就說這一片是吳國疆域，要通過這裡，必須要有皇帝詔書，絕對不讓他們從此處通過。」

甘寧站在船首，拿著望遠鏡眺望著上游快速駛過來的吳國戰艦，道：「吳軍戰艦在江面上一字排開，往來巡視，看來是不想讓我們從這裡通過了。傳令下去，加速前進，讓水手們再辛苦辛苦，很快就可以抵達了。」

「諾！」

令狐邵抱拳之後，轉身便去通告船上的旗手，旗手給後面的各個戰船發著信號，他則快速地跑到船艙，沿著樓梯，直接下到戰艦的最底層。

戰艦總共高五層，最底層是操作間，華夏國的戰艦不同於別的戰艦，是用人力操作，只有在順風的時候才借用風力，而逆流直上，則全靠人力踩著腳踏車，通過一連串的機關驅動戰艦兩側的大型翻車，翻車翻動，帶動巨型戰船的滑行，所以從外面看，華夏國的戰船就像是在水面上踩水，絲毫不受到水流的影響。

戰船的最底層裡，五百名士兵坐在腳踏車上，奮力的蹬著，每個人都忙得不亦樂乎，另外船底的休息室裡還坐著五百名士兵，為了保持船的前進，所以每艘這樣的戰船都配備了一千名水手，採兩班制。

而蹬腳踏車，用齒輪傳輸力量，帶動翻車的滾動，也鍛煉了水手們的腿功，所以這些水手一旦離船上岸，跑起步來飛快得很。

令狐邵一進了船艙的最底部，便大聲叫道：「大將軍有令，命加速前進！」

原先在歇息的士兵便紛紛出了休息室，然後各就各位，坐在船艙底部的一個個小凳子上，同時從身邊拿出木槳，打開船艙底部的窗口，將木槳伸了出去，雙排划槳，左右兩邊各兩百五十人一起發力，再配合著另外五百名水手腳踏翻車，整艘戰船便立刻提高了速度。

令狐邵上了甲板，看到戰船如飛，不等吳軍戰艦抵達，華夏國巨大的戰船便已經逆流而上，速度和順流而下幾乎一樣的快。

戰船上，舵手牢牢地握好舵，與吳軍戰艦擦肩而過，甲板上的士兵看著下面小型的吳國戰艦上士兵的驚訝表情，不禁都露出了一絲譏笑。

朱然在遠處看到這一幕，不禁吃了一驚，人都說南船北馬，可是華夏國的造船工藝卻已經趕上了南人，這以後，縱使有長江天險，又能奈華夏軍如何？

「華夏國國力強盛，我只以為鐵浮屠是最厲害的兵種，沒想到華夏國的水軍竟然比之我軍有過之而無不及。」

甘寧在船上打出水手公用的旗語，意思是向吳軍問好。

朱然見已經無法抵擋甘寧的船隊，索性將水軍收攏，禮貌性地用旗語回覆，告訴華夏軍的將士一路順風。最後，帶著水軍回南岸大營去了。

甘寧這一次率領五年練就而成的雄壯水師，先是從天津港口涉海抵達江都港口，後來又接到聖旨，帶領一半水軍沿江而上，去攻打襄陽。

可是，在高飛給的秘密手札中，則是命令甘寧一路上摸清吳國水軍實力，以及故意向吳國耀武揚威，對吳國水軍施加壓力，還要摸清吳國水域和水域間的不同之處，何處能渡過大船，何處能輕舟前行，目的就在於以後的統一戰爭。**統一，勢在必行**。雖然高飛和孫策他爹孫堅有過口頭約定，但是那只是口頭約定，而且以孫策對高飛若即若離的態度來看，吳國也不想被華夏國一直牽著鼻子走。

高飛很有遠見，在出兵滅漢之前，就已經徹底想好了後路，所以才將甘寧的水軍調到江都港，與東吳的曲阿港隔江相望，為的是以後一旦雙方爆發戰爭，甘寧的水軍可以以迅雷不及掩耳之勢直撲吳國，配合華夏國陸軍作戰。

甘寧的船隊很快便駛過了朱然的防線，半個時辰後，抵達了和司馬懿約好的江津港。

江津港的岸上，司馬懿的大軍在冰天雪地當中已經等待了許久，看到甘寧的大軍抵達之後，司馬懿和甘寧互相寒暄了幾句，便立刻開始讓大軍登船。

此次甘寧率領船隊而來，目的不是打仗，而是在於運送大軍過江，所以每艘船上，他只帶了一千名水手，水軍將士多數留在了竟陵，有一部分還跟隨陳到去了華容道。

華夏國的戰船是高飛精心設計的，他設計不出巨型的輪船，但是根據這個時代的造船技術，加上一點他自己的理念，混合墨家的機關術，這才有了現在的戰船。

準確的說，這是運兵時用的戰船，每艘戰船可以裝載四千人，除卻水手以外，還能裝三千名士兵，可謂是這個時候最大的戰船了。

當時為了建造這樣的大船，高飛等人也著實費了一番功夫，經過反覆的試驗，才有了今天的成就。

華夏國真正的戰船這次根本沒有登場，還秘密集結在天津港，主要是作為秘密武器使用，不到和吳國開戰不輕易拿出來。

半天之內，甘寧的船隊在江面上往來幾次，便將司馬懿的四萬大軍盡數運過了長江，抵達對岸之後，司馬懿的部下多數有暈船的，所以不能急於前進，只能暫時駐紮在水岸。而甘寧的船隊則返回北岸，開始裝運糧草，給司馬懿運送補給。

當夜無事，華夏軍全部合兵一處，就地休息。

長沙城外。

諸葛亮所部的漢、蠻聯軍十一萬，全線退後五里，並且撤去了包圍長沙的打算，分成五座大營，呈現出玄囊陣形，前後左右各置一營，分別派遣傅肜、張南、馮習、劉敏鎮守，並且嚴加防守，他自己則和劉琰、許靖、費觀等人居於中間大營。

在布置軍營上，諸葛亮也獨具匠心，每個大營內又各置五個小營，主將居中調度，分前鋒、後合、左翼、右翼，採取極其嚴密的防守陣營，一旦遭遇敵襲，便立刻相互支援，卻又不會顯得雜亂無章。

五營兵馬，每營兩萬，總計十萬，另外有一萬則是交給五溪蠻王沙摩柯帶領，負責巡視五座大營的安全，所挑選的都是精銳的蠻兵。

諸葛亮也命人掛起華夏軍的大旗，統一去掉漢軍大旗，遠遠望去，甚為壯觀。

入夜後，周瑜站在城樓上眺望著，看到遠處燈火通明，被照得如同白晝一般，便對站在身邊的孫策道：

「陛下，臣白天去看過，諸葛亮採取的是玄囊陣形，安營紮寨也深得其法，不過，他兵少或許能發揮出此陣的最大威力，一方有難，八方救援，可惜他的兵太多了，而且還是蠻漢混雜，這正是他的不足之處，陛下只管帶著一隊騎兵，衝進營寨之後，見路邊便左轉，等臣這邊鳴金收兵了，陛下才可以撤軍回城，如此一攬，漢軍營寨必然會混亂不堪，縱使無法逼迫諸葛亮就範，也能讓他知道我軍的厲害。」

孫策點點頭，舉起手中的面具，戴上之後，便對周瑜說道：「公瑾，一切就拜託你了。」

「陛下也請保重！」

君臣二人隨即分開，孫策下了城樓，城門邊的凌操、徐盛以及三千敢死的甲騎都嚴陣以待。

凌操見孫策來了，急忙將孫策的飲血槍遞了過去。

那飲血槍乃東海玄冰鐵打造而成，通體散發冰藍色光芒，槍頭扁平分叉，刺穿敵人後可放血，猶如飲血一般，故名飲血槍，乃是孫策最為鍾愛的武器，重六十三斤，入手便有一股涼意，是殺人利器。

孫策握上飲血槍，身上披著的盔甲全部沒有任何標誌，而且身後的人都戴著一個鬼面具，號曰「山鬼軍」。

當年孫策平定山越，曾用此種招數，只帶著一千騎兵便殺敵兩萬餘人。之所以這樣的裝扮，為的就是不希望吳國和華夏國正面起什麼衝突，所以戴著鬼面具，重新將當年平定山越的招數拿了出來。

「將士們，今夜月黑風高，正是殺敵立功的好機會，一出這個城門，你們就不再是吳軍，你們都是凶戾的索命惡鬼。我們的將士有不少都死在漢軍的手上，今夜，鼓足你們的勇氣，跟朕一起去向漢軍索命。」孫策調轉馬頭，舉著陰森寒氣的飲血槍，振臂高呼道。

「向漢軍索命！替死去的兄弟報仇！」凌操、徐盛等三千騎兵異口同聲地大聲喊道。

東吳的將士多是宗族兄弟，也就是子弟兵，每次戰鬥，死去的人，都可能是大家的親人。這一次為了攻打江陵，吳軍先後折損一萬五千多人，再說幾年前漢軍曾經攻克過柴桑，殺死吳軍八千多將士，這一筆筆血債，歷歷在目，所以一經孫策的召喚，立刻生起了仇恨之心。

孫策見後，心中大喜，正所謂哀兵必勝，每個人都抱著必死的決心，就一定能夠戰勝敵人。

他調轉馬頭，命令人將城門打開，然後一馬當先地衝了出去，大聲喊道：

「殺啊！」

冬夜，寒光漫漫，北風呼嘯，諸葛亮所部的大軍除了在夜間巡邏的隊伍外，其餘的將士們幾乎全部鑽入了暖和的被窩。

比近子時，諸葛亮還在營寨中挑燈夜讀，忽然聽見外面一陣喊殺聲，還不等他起身，劉琰便從外面跑了進來，指著外面說道：

「丞相，我軍突然遭受不明軍隊襲擊，每個人都戴著一副面具，露著白森森的獠牙，看上去極為嚇人，前軍前鋒營以為是鬼怪作祟，盡皆膽寒，被那隊人衝進營寨來，在前軍裡面左衝右突，所到之處，如入無人之境……」

不等劉琰說完，諸葛亮起身便走，掀開大帳的捲簾，但見轅門外火光晃動，人影亂竄，一撥騎兵在軍營中胡亂衝撞，每個人的臉上果真都戴著一副面具，領頭的那個人則顯得勇猛異常，所到之處，長槍殺出一條血路，鮮血已經染紅那人的周身，身後的騎兵緊緊相隨為他壯威。

「何來的鬼怪，分明是人假扮的！傳令下去，拉開距離，各軍緊守營寨，以弓弩射之，區區這點兵馬也敢來我軍中撒野？」

諸葛亮觀戰片刻，便料到是吳人假扮，前來襲擾，大聲地對劉琰道。

劉琰「諾」了聲，急忙去傳達命令，與此同時，費觀帶著親軍守衛中營，將諸葛亮護住。

那撥戴著鬼面具的騎兵一經殺入漢軍大營，越發顯得武勇起來，孫策持著飲血槍打頭，凌操、徐盛帶著騎兵緊隨其後，三千騎兵都抱著必死的決心以及對漢軍極大的怨氣，每個人都悍勇異常，比之平常還要勇猛三倍。

這些人本來就是策瑜軍的舊部，此時被孫策挑選出來，輕車熟路，根本用不著指揮，和孫策配合的十分有默契，長槍如林，穿透一個個漢軍士兵的身體，刺死一個個漢軍，所過之處，屍橫遍地，每個人都是血透戰甲。

「鬼啊……」

這些人青面獠牙，加上又是黑夜，一些漢軍剛睡下沒多久便被吵醒，一睜眼便看到這些凶戾的不知道是人是鬼的東西，都嚇得渾身發抖，拋下兵器，四處亂竄。

諸葛亮的命令還沒抵達，前營的兵士便潰敗而逃。

劉敏是前營守將，提著長劍而出，看到軍士四處逃竄，喝止不住，立殺兩人，才漸漸穩住陣腳，帶著一撥人朝孫策等人殺了過去。

只是劉敏哪裡是孫策的對手，直接撞上孫策，被孫策手起一槍刺死。部下士兵見了，紛紛逃竄。

正當孫策殺得興起的時候，按照周瑜說的辦法，遇到路口便向左轉，這一路上連續轉了好幾個路口，竟然不知不覺的轉到了漢軍的中軍。

沙摩柯巡視到後軍時，正遇到孫策突入前營，此時當他抵達中軍大營時，孫策也剛好抵達，兩下照面，沙摩柯二話不說，持著鐵蒺藜骨朵當下便朝孫策的頭上砸了過去。

孫策並沒有把沙摩柯放在眼裡，隨便舉槍遮擋，哪知道這一擋之下，沙摩柯竟然力大驚人，若非他及時發力，架住飲血槍，只怕頭顱立刻會被沙摩柯砸得稀巴爛。

「這傢伙力氣好大啊……」孫策心中暗道。

剛要用力將沙摩柯的鐵蒺藜骨朵支開，哪料沙摩柯的鐵蒺藜骨朵竟然旋轉了起來，直接在他的飲血槍的槍桿上向前劃去，那帶刺的兵刃可不是鬧著玩的，被那玩意砸一下，身上還不迸出十幾個血窟窿出來?!

孫策急忙撒手，以單手握住飲血槍，同時抽出腰中佩劍，向沙摩柯刺了過去。

沙摩柯用鐵蒺藜骨朵的招式雖然不多，但是他自身的反應夠靈敏，一見形勢不妙，便立刻跳下馬背，同時猛揮出鐵蒺藜骨朵，砸向孫策的座下戰馬。

「轟！」

一聲巨響，沙摩柯的鐵蒺藜骨朵直接揮砸在孫策的座下戰馬上，戰馬「希律律」的發出一聲悲鳴，承受不住巨大的力道，先是馬頭噴血，緊接著身體側倒在地，重重地摔在地上。

「人呢？」

沙摩柯本來臉上還露著一絲微笑，可是定睛一看，孫策人竟然不知去向，正在納悶之際，只見地上飄著一團黑影，他急忙抬頭看去，孫策滿眼凶戾，左手長槍抖動，若舞梨花般的向他刺來，右手長劍劃出一道弧形的寒光，同時向他削來。

沙摩柯大吃一驚，身子急忙向後退，身子還在半空飄蕩，尚未落地之時，便看見孫策落地只用腳尖輕輕那麼一點，整個人便刺斜裡殺向他，就連身體也跟著旋轉了起來，長槍、長劍交相呼應，猶如陀螺一樣。

「糟糕！」

沙摩柯大叫一聲，身子剛落地，孫策便已逼到面前，他急忙舉起鐵蒺藜骨朵去遮擋，但聽一連串叮叮噹噹刺耳的兵器碰撞聲，以及兵器間摩擦出來的耀眼火花。

他的鐵蒺藜骨朵上的刺鉤蕩然無存，全部被孫策的長槍剝落。

「噗噗噗！」

鐵蒺藜骨朵上的飛針如同暗器一般，飛向沙摩柯身後衝上來的士兵，射透漢軍士兵的體內，而沙摩柯手中的鐵蒺藜骨朵儼然已經成了一根鐵棒子。

沙摩柯大驚失色，一道寒光刺出，他瞪大了眼睛，看到那道寒光是柄長劍，劍尖直接朝著他的心窩刺來。

這是想一劍要了他的命啊！情急之下，他急忙向下蹲，想避過那柄長劍，可惜晚了一步，長劍雖然偏離心窩，卻刺進了他的肩膀，鮮血噴湧出來，刺痛的感覺傳遍沙摩柯全身。

他猙獰著臉，見孫策下墜，一腳踹出，將孫策逼開。

孫策飄身而去，身邊漢軍攻了過來，他一劍削去，斬斷那名騎將的長槍，手中寬大的利刃鋒利無比，斷金切玉，正是乃父似劍非劍、似刀非刀的古錠刀。

他斬斷那騎將長槍之後，手中古錠刀沒有停歇，一刀便砍去那名騎將的腦袋，同時飛身踢開那名騎將的屍身，重新上馬，撇棄受傷的沙摩柯，帶著凌操、徐盛，朝中軍大營衝了過去。

「放箭！」費觀帶著弓箭手緊守營寨，看到孫策帶著騎兵隊伍衝了過來，立刻大聲喊道。

一聲令下，萬箭齊發，如蝗的箭矢飛一般的射向孫策等人的騎兵隊伍上。

「啊……」

孫策、凌操、徐盛等大多數都撥開了箭矢，可是還是有少數人中箭，發出一聲聲慘叫，倒下一兩百人，還有三四百人帶著箭傷。

但是，沒有一個人退縮，一鼓作氣地朝中軍的轅門衝了過去。

騎兵速度過快，費觀等人的弓箭手看見敵人衝了過來，第二波箭矢還來不及放出去，便被騎兵衝撞過來。

一番廝殺，孫策等人直接殺開了一條血路，朝諸葛亮所在的中軍大帳奔馳了過去。

「保護丞相！」費觀退到一邊，一邊大聲喊道。

諸葛亮站在那裡看著對面衝過來的騎兵，紋絲不動，他的身邊只剩下許靖、劉琰以及幾名護衛，護衛紛紛抽出兵刃，擋在諸葛亮的面前，許靖、劉琰拉著諸葛亮便朝後退。

可是諸葛亮一把甩開許靖、劉琰，大聲喝道：「我乃三軍主將，輕易不可能挪動，即使血灑疆場，也死得其所。區區三千兵馬不到，就把你們嚇成這個樣子，昔日漢軍的威武都到哪裡去了？」

這句話喊得聲音極大，周圍的人聽得極為清楚，就在這時，一個都尉帶著一群士兵堵在了諸葛亮的前面，喊道：「我等願以死保護丞相！」

其餘人也深受感動，紛紛站了過來，擋在諸葛亮的前面，一時間，中軍大帳前面堵滿了人，面對氣勢如虎的孫策等人，這些人以血肉之軀建立起一堵人牆。

孫策看到這一幕，眉頭在面具後面皺了起來，心想：**諸葛亮果然有大將風範，一句話便能讓這麼多人為他賣命，而且還臨危不懼**，這樣的人要是真的投降了自己，必然是自己的左膀右臂。

這時，孫策評估一番，就算能夠將諸葛亮生擒帶走，也未必能夠衝出這十一萬大軍的包圍，何況他又身陷在中軍大營，士兵們願意為諸葛亮赴死，這就不是他所能攻擊的了。

於是他調轉馬頭，改變方向，向一旁衝去，正好這當口，士兵們都去保護諸葛亮了，給了他一個脫身的機會。

凌操、徐盛都是一陣狐疑，眼看就能抓獲諸葛亮了，為什麼孫策卻突然撤走了。狐疑歸狐疑，可是他們還是跟著孫策走了，只是心中頗感不平而已。

孫策打頭，凌操、徐盛等人緊隨其後，一溜煙的走了，諸葛亮見後，急忙下令從後面掩殺，又射死不少戴著鬼面具的騎兵。

不過，漢軍始終沒能擋住孫策等人，他們從哪裡來，又從哪裡回去，如一陣旋風般狂掃而過，諸葛亮看後，對這撥人也是一陣佩服。

諸葛亮見鬼面騎兵撤走，隨即下令清點損失，並且加強周邊防禦，受傷的人，該治傷的治傷，死亡的人，該掩埋的掩埋。

經過這次夜襲，諸葛亮算是見識了吳軍的厲害之處，三千騎兵居然能將十一萬人的大營攪亂成這個樣子，不禁讓他的眉頭緊鎖。

孫策等人回到長沙城中，清點人數，出去三千，回來兩千多，陣亡士兵七百多人，但是卻給了漢軍一次重創。

另外一個原因，也是因為周瑜窺探了諸葛亮紮營的虛實，在攻擊中，孫策的三千騎兵靈活多變，漢軍雖然人多，卻因為政令不通，變得相對混亂，這才使得孫策能夠在漢軍陣營中往來馳騁。

剛一進城，孫策便取下戴著的鬼頭面具，從馬背上跳了下來，衝著前來相迎的周瑜便喊道：「公瑾，諸葛孔明真是個將才也！臨危不懼，實在令我刮目相看。」

周瑜聽到這句話，心中略有不喜，他抬起右手，不自覺地捂住左邊肩膀上的箭傷。這道箭傷，乃是拜諸葛亮所賜，在他的心裡，無時無刻不想著用劍捅死諸葛亮，以報此仇。

可是就在剛才，孫策這番話說出來後，他知道他已經失去了斬殺諸葛亮的機會，因為孫策看上了諸葛亮的才能，一心想招攬他，如果諸葛亮和他同是一殿之臣，那麼他再去和諸葛亮為敵，就是對孫策的不忠了。

孫策一臉的歡喜，內心的喜悅讓他絲毫沒有注意到周瑜臉上細微的變化，雙手放在周瑜的肩膀上輕輕拍了一下，爽朗地道：「公瑾，陪我喝一杯。」

周瑜不想掃興，可是有些話卻又不得不說，當即抱拳道：「陛下，臣有句話，不知道當講不當講？」

孫策道：「講，你我兄弟，還有什麼不可以講的？」

周瑜思慮片刻，這才說道：「落花有意，只怕流水無情，那諸葛亮如果真的想投降，早就降了，何必等到現在？高飛向來以仁義治國，從不毀人家庭。即使昔日被其打敗的公孫瓚、袁紹、呂布、曹操，乃至今日之劉備，從未聽聞過高飛將其滿門抄斬的事，相反，對待群雄的遺孀或者遺孤都很好，諸葛亮不可能不知道這一點，他以其家庭、兄長在華夏國作為理由，實在有些太過牽強，臣以為，**這是諸葛亮的緩兵之計**，還請陛下三思啊。」

「你的意思是說，朕是一廂情願了？」

孫策臉上露出不喜之色，放在周瑜肩膀上的手也移開了，背在背後，皺著眉頭，一臉的陰沉。

「恐怕……是這樣的！」周瑜自然注意到了孫策表情的變化，但是他還是執意的說出了實話。

「哼！」孫策冷冷地瞪了周瑜一眼，拂袖而去，頭也不回的走了。

「大都督，你這是何苦呢，陛下的脾氣你又不是不知道，先讓陛下高興高興就是了，等明天再潑冷水不遲，可是……」

凌操是策瑜軍中年齡最長的一個，比周瑜、孫策都要大，他看到周瑜和孫策為了這點事鬧得不愉快，急忙來到周瑜身邊勸道。

「即使冒犯龍威，我還是要講，此乃國家大事，非個人私事！諸葛亮率眾十一萬在外，他們遠道而來，人困馬乏，如果給他三天的時間休整，到時候必會來攻擊我們！」周瑜面帶憂色道。

凌操不再言語，只是無奈地搖了搖頭，見周瑜和孫策都在氣頭上，他知道這會兒誰上去勸的話，誰就倒楣，索性就任由他們去了。

他自己則走到徐盛的身邊，喊道：「收兵回營！」

第二天，周瑜去見孫策，可是孫策卻託病不見，誰也不理。

無奈之下，周瑜只好退走，他來到城門，登上城樓，在城頭上向外眺望，但見遠處隱約可以看見漢軍的大營，外面騎兵來回奔走，營寨裡面卻又弓弩齊備，看上去守衛極為森嚴。

「凌操！」周瑜大聲叫道。

「末將在，大都督有何吩咐？」凌操道。

「集合兵馬，點齊三萬馬步，隨我出征！」

「出……出征？」凌操吃了一驚。

「陛下讓我全權負責軍事調度，指揮全城兵馬，你膽敢違抗？」周瑜轉過身，眼裡冒出一絲寒光。

凌操從未見周瑜有過如此表情，急忙道：「屬下不敢！屬下這就去點齊兵馬，大都督請稍等。」

「等等……」周瑜喊住凌操。

凌操回身問道：「大都督還有何吩咐？」

「派人去通知陛下，請陛下到城頭觀戰，今日我與諸葛亮鬥陣！」說完這句話，周瑜便下了城樓。

凌操不解，但還是照做，讓丁奉去告知孫策。

孫策此時正把自己關在屋裡，一肚子滿是怨氣，昨天周瑜當眾頂撞他，讓他下不來台。不過，這不是他生氣的主要原因，他是在擔心，萬一周瑜說的都是真的，諸葛亮壓根就沒有投降自己的意思，而是一直在敷衍他，那他就真的丟人丟大了。

「咚咚咚！」

「滾！朕說過任何人都不見，你們都聾了嗎？」孫策隨手拿起一個茶杯猛地向門口砸了過去，茶杯登時被摔得粉碎。

「陛下，臣是丁奉，大都督率軍出征，與諸葛亮鬥陣去了，特請陛下觀戰！」丁奉在門外，看到孫策生那麼大的氣，趕忙報告道。

不多時，門被打開了，孫策全身披掛，手持飲血槍，腰中配著古錠刀，大踏步地走了出來。

丁奉見狀，急忙緊隨在後。

「公瑾有傷在身，不宜出戰，你們怎麼也不攔著他？」孫策邊走邊埋怨道。

丁奉無言以對，他本來是潘璋的部下，一次偶然的機會，在孫策狩獵時展現出他的勇武，被孫策相中，提拔為校尉，後來在一年之內連升三級，年紀輕輕便當了將軍，確實是天下少有。

孫策沒有聽到回答，也不在意，出了太守府，騎上馬便直奔城門。

此時，周瑜帶著凌操、徐盛二將以及三萬大軍出城，孫策抵達城門時，周瑜的大軍已經在城外擺開了陣勢，正浩浩蕩蕩的前往漢軍營寨。事前他已發出密信，讓人用箭射了過去，約諸葛亮鬥陣。

孫策單騎出城，留下丁奉守城，自己快速地來到周瑜的面前，問道：「公瑾，你這是要做什麼？」

「陛下，臣要讓陛下看看，到底是諸葛亮厲害，還是臣厲害。諸葛亮雖然有大才，卻不能為我所用，所以只能除之而後快，一旦諸葛亮投降華夏國，必然是我軍的一個勁敵。」周瑜道。

孫策聞言，對昨日向周瑜發無名之火深感愧疚，說道：「公瑾，昨夜朕……」

「是臣不好，不該頂撞陛下，今日臣願意將功折罪，用這三萬人馬破漢軍營寨，逼諸葛亮退兵！」周瑜信誓旦旦地說道。

「如此，朕便回城去了。」孫策心中有了計議，當即對周瑜道。

周瑜道：「恭送陛下！」

孫策點了點頭，對徐盛道：「你跟朕來。」

漢軍營寨中。

諸葛亮接到周瑜派人射來的書信，打開看了一眼，笑道：「周公瑾居然約我鬥陣？」

許靖道：「丞相，周瑜乃吳國的中流砥柱，更與吳國皇帝孫策情同手足，如果能夠擊敗周瑜，就可以給吳軍造成極大的心理壓力，對我軍十分有利。」

「嗯，先生言之有理。傅彤、張南、馮習、劉琰、費觀，隨我出去看看，其他人留在軍營裡！」諸葛亮道。

「丞相，俺呢？」沙摩柯問道。

「你……你好好養傷，鬥陣不是比試武藝，你肩膀受傷頗重，必須好好靜養。」諸葛亮安撫道。

「這點小傷不算什麼，俺要保護丞相。」沙摩柯急道。

「呵呵，不用擔心，周瑜傷害不了我。」

沙摩柯再三請求，均被諸葛亮拒絕，最後被人強行拉去養傷，這才算完事。

不多時，諸葛亮帶著傅彤、張南、馮習、劉琰、費觀以及三萬大軍出來，和遠處的吳軍互相對峙。

兩軍對壘，諸葛亮見周瑜單人單騎，他也策馬向前。

兩人照面後，諸葛亮看周瑜帶著傷，便道：「沒想到昔日假扮華夏軍司馬懿的，竟然是吳國大都督周公瑾，不知道那一箭好不好吃？」

周瑜被諸葛亮這麼一譏諷，心中憤憤不平，道：「諸葛小兒，當日我誤中奸計，是我一時大意，今日兩軍對壘，比的是陣法上的高低，只憑我身後三萬兵馬，便能將你生擒活捉。」

「好大的口氣啊，周大都督，那我們走著瞧吧。」

周瑜不服氣，指著諸葛亮說道：「諸葛小兒，這一次我們誰要是鬥陣輸了，就穿上女人的衣服，在萬軍面前行走一圈，你覺得如何？」

「一言為定！」諸葛亮毫不猶豫地答應了下來。

正所謂話不投機半句多，諸葛亮和周瑜似乎是天生的對手，兩個人的目光中迸發出幽深的寒光，似乎都想憑藉這一戰將對方擊敗。

兩人同時調轉馬頭，回到各自的陣營裡，開始聚集部下諸將，吩咐一會兒要如何應對對方的陣形。

陣形這玩意，簡單地說，就是古代軍隊的野戰隊形，它是人類戰爭發展到一定歷史階段的產物，盛行於冷兵器時代，消亡於熱兵器時代。

氏族社會，人類的戰爭表現為部落衝突，當時還沒有軍隊，也沒有什麼指揮，戰鬥大多是一擁而上，如同群毆，自然也就無所謂陣形。

隨著歷史的發展，奴隸制國家出現，奴隸主為了鞏固統治和掠取奴隸（戰爭俘虜是奴隸的主要來源），開始編制有組織軍隊，並且採用一定的隊形，這就是原始的「陣」。

中國最早的陣法，據說始於黃帝，黃帝為戰勝蚩尤，從神（九天玄女）那裡學到陣法，但這只是傳說，有據可考的是在商朝後期。

早期的陣形比較簡單，按照「三師」的編制，呈一字形或者方形排列，陣戰法在西周和春秋的時代極為盛行，當時常見這樣一種情況：兩軍約在某地會戰，列陣整齊，相互攻伐。

陣法操練，是古代治軍的重要方法。通過操練，教給士卒進退的規矩、聚散的法度，使他們熟悉各種信號和口令，在戰鬥時做到令行禁止，協調一致，只有這樣，才能發揮整體合力。

陣法操練是將烏合之眾訓練成軍隊的有效途徑。目前各國均使用西式隊列，原來東方的隊列已不可見，但是基本的原理是相同的。西式隊列較東式隊列嚴肅整齊，指揮多用口令，東式則是以旗號、金、鼓為主。

中國的兵法重視謀略，陣法處在次要的位置，這是因為中國的戰爭規模比較大，在動輒以「良將千員，帶甲十萬」的戰爭中，軍隊統帥主要進行戰略和戰役層的思考，戰術還在其次，同時也因為尊崇儒術，重文輕武，對陣法研究不夠重視。

但是，諸葛亮、周瑜則偏向陣法的研究，認為只要有良好的陣形，即使再強大的軍隊也無法撼動。除此之外，司馬懿、龐統都喜歡研究這些陣法，經常研究《六韜》。

這四個人既是軍隊的統帥也是戰術指揮員，不能不精研陣法，所以，周瑜一約諸葛亮鬥陣，諸葛亮想都沒想便答應下來，目的就是想讓自己生平所學應用於戰爭，從而左右戰爭。

單從諸葛亮安營紮寨的講究就不難看出，諸葛亮對戰陣的確頗有一番研究。

周瑜也是陣法中的高手，不然也決計不會看出諸葛亮營寨的缺點，昨夜就更不會有孫策率領三千輕騎破十一萬之眾的經典戰例。

吳軍這邊，周瑜大致已經部署完畢，將身邊戰將全部吩咐妥當，他所擺下的是魚鱗陣，是衝鋒攻擊型的戰陣。

魚鱗陣，陣如其名，把兵團分成五到六段，一層壓一層，如同魚身上的魚鱗狀。大將位於陣形中後，主要兵力在中央集結，分作若干魚鱗狀的小方陣，按梯次配置，前端微凸，屬於進攻陣形。主要的戰術思想是「中央突破」。

諸葛亮看到周瑜擺出這種進攻形的魚鱗陣，他則相應的布置了箕形陣。

箕形陣其實就是W形陣，裡面多了倒V，巧妙就在這裡，裡面的倒V多半是弓箭兵、弩兵之類的遠距離攻擊兵種，所以可以在進攻時提供掩護，但是因為排法巧妙，所以不會在正面打到自己人，但是可惜中間有個倒V，所以無法做包圍，不能一齊攻擊，是一種傷亡率小的平地陣形，屬於防守陣形。

也就是說，諸葛亮首輪採取了守勢，而是讓周瑜來做主動的攻擊一方。

他這樣做，是出於實際情況，昨夜剛剛遭受重創，加上士兵人困馬乏，所以攻擊力會略顯不足，倒是採取守勢較為實在。

只要能守住周瑜魚鱗陣的連續攻擊，他就是獲勝的一方。

安排妥當，諸葛亮帳下的傅肜、馮習、張南、費觀、劉琰等人各就各位，每個人負責指揮一部分兵力，他則退到大軍的最後面，讓人牽來一輛馬車，自己坐在馬車上觀望。

第四章

針鋒相對

「周大都督，你何必如此激動呢，我只是就事論事，說出我們華夏國的實情而已，你那麼激動，難道心中有鬼？」

「你才心中有鬼，我周瑜問心無愧，對陛下更是忠心耿耿……」

兩人你一言我一語的，針鋒相對，互不相讓。

「咚咚咚……」

此時，吳軍擂響了第一通戰鼓，吳軍布置在第一階梯隊形的盾牌兵準備就緒。

「咚咚咚……」

吳軍擂響了第二通戰鼓，凌操身後的兩個階梯隊形也已經做好準備，蓄勢待發，隨時彌補第一階梯隊形的兵力不足。

大戰一觸即發，**周瑜、諸葛亮的鬥陣正式拉開帷幕**。

就在兩軍對壘的時候，一行十餘騎的騎兵悄悄地登上一處高坡。

為首者拿起望遠鏡，遠遠看去，見吳軍、漢軍都各自擺出了不同的陣形，淡淡地說道：「來得真是時候，精彩一戰不容錯過，諸葛孔明和周公瑾這兩個人傑的爭鬥，今日便可揭曉。」

說話之人，正是**華夏國征南大將軍司馬懿**！

昨夜他接到陳武的報信，說諸葛亮先投降了吳軍，然後又反叛吳軍，正在包圍長沙城。雖然他知道這是無中生有的計策，可是他還是星夜趕來，就是想見見諸葛亮和周瑜兩個人誰更厲害。

當然，吳將陳武被他扣留在大軍裡，而且他也是輕裝前進，只帶了牛金和十三名騎兵，一行十五騎秘密奔馳到此。

「大將軍，此地離吳軍太近，萬一被吳軍發現，我們想逃都逃不走了。」牛金環顧左右，總覺得這個地方太過靠近戰場，有些不太穩妥。

司馬懿神態自若地道：「放心，吳軍和漢軍的注意力全部集中在鬥陣上，根本不會有人注意我們，而且誰也不會料到，我們會從兩百里之外連夜趕來，只是為了觀戰。」

「大將軍，不就是鬥陣嗎，有什麼好看的？」牛金不解地道。

「呵呵，陣法的精妙之處，以後我會讓你慢慢體會的……」

說到這裡，司馬懿從望遠鏡中看到了一絲不尋常，見周瑜的魚鱗陣布置的十分巧妙，竟然將三千持著盾牌的步兵放在第一階梯，而把機動力高的騎兵放在第二階梯，不禁驚呼道：「咦？周瑜這是何意？」

再看漢軍的箕形陣，三萬大軍的陣形裡，居然只有兩千騎兵，其餘的全是弓箭兵、弩兵和長槍兵，是以步軍為主的陣形。

看到這裡，司馬懿總算明白周瑜為何這樣布置了。他會心地笑了，將望遠鏡向遠處拉開，看到長沙城上人影晃動，不少士兵從高牆上下去，城上旌旗林立，守兵卻相對稀少，不禁多了一個心眼。

「大將軍，陣形在前面，你怎麼往側後方看啊？」牛金看著司馬懿關注起長沙城來，好奇問道。

司馬懿拿著望遠鏡，將長沙城中的動向看得一清二楚，放下望遠鏡後，略微思索了一番，然後再次拿起望遠鏡去看時，便見到長沙城北的一片樹林裡不停地晃動著，靜止的樹木上原本滿是積雪，此時卻全部掉了下來，儼然是有人從樹林中穿過。

再仔細看了看，竟然發現一絲不尋常之處，他看到一群披著白色披風的士兵正在密林中小心翼翼的行走，領頭的居然是孫策。

看到這裡時，司馬懿急忙將望遠鏡移向了漢軍營寨，但見漢軍營寨的北端和後方空虛，士兵大多圍在前軍去看熱鬧了。

他看完，臉上露出笑容，自言自語地說道：「此戰，諸葛亮必敗，他還是太年輕啊，跟久經戰陣的周瑜對陣，顯得有點太嫩了。」

牛金聽後，問道：「大將軍，你怎麼知道諸葛亮必敗？」

「秘密。」司馬懿笑著說道。

牛金一想，覺得不對勁，便道：「大將軍，諸葛亮是要投降我軍的，他的兵馬以後就是我們華夏國的了，大將軍既然預料到諸葛亮必敗，那麼我們是否該去阻止這一局面的發生呢？畢竟死了人，我們華夏國就少了一個士兵啊……」

司馬懿看著牛金，拍了拍牛金的肩膀，說道：「我就是要讓諸葛亮兵敗，這一次，他死的人越多越好。」

「為……為什麼？」牛金驚詫地道。

「**諸葛亮太過自信了，自信過頭就是自負**，他手下握著十多萬兵馬，投降我軍之後，必然會要求統領原來的兵馬，對我華夏國不利，所以，這一戰他敗得越慘越好。最好是全軍覆沒，這樣，諸葛亮失去了底牌，就只能任由皇上差遣了。」

「大將軍高見啊，屬下怎麼沒有想到這一點呢！」牛金佩服道。

「你要是想到了，我怎麼會是你的大將軍呢？」司馬懿臉上露出一絲陰笑。

「咚咚咚……」

這會兒，第三通戰鼓擂響了，偌大的戰場上傳來轟鳴般的聲音，吳軍的第一階梯隊形快速地向前衝了過去，每個人都舉著盾牌，護住自己的身子。

司馬懿聽到這個聲音後，迅疾地拿出望遠鏡，向戰場上眺望著，然後對牛金說道：「好好看著，這一戰，周瑜將徹底地將臥龍擊敗。」

「諾！」

牛金只是一員小將，而且華夏國的望遠鏡也屈指可數，製造的並不是很多，主要還是晶石難尋，無法尋找到晶礦，就無法打磨望遠鏡。

之前意外發現那個晶礦，純屬華夏國走了狗運，不過數量很少，所以，望遠鏡一般是正三品以上的軍官才有，牛金現在不過才是正四品的官，差了兩級，所以和其他人只能遠遠觀望，極目四望，看著那如同螞蟻一般黑壓壓的人潮向前衝去。

吳軍第一波持著盾牌的三千步兵衝了上去，漢軍那邊立刻萬箭齊發，弩兵扣動機括，放出弩箭，弓箭兵則拉開弓箭，仰天而射，刀盾兵則堅守崗位，目光犀利，長槍兵緊握手中長槍，嚴陣以待。

吳軍三千盾牌兵衝得飛快，這些都是久經戰陣的步兵，一邊用盾牌遮擋著要害，一邊快速地向前衝著。但是箭矢無情，不少箭矢直接落在吳軍士兵的腳上或者腿上，一些中箭的士兵倒在地上，然後忍痛爬起，接著向前衝。

第一波箭矢落下，吳軍三千盾牌兵傷了兩百多人，這兩百多人掉落在後，其餘人卻毫髮無損。

緊接著，漢軍第二波箭矢射了出來，這一次密度要比第一次大多了，一波箭矢射過去，立刻射殺了兩百多吳軍士兵，三百多士兵受傷。

第三波、第四波箭矢接踵而來，密密麻麻的箭矢遮天蔽日，像是無數的蝗蟲一般，奪走吳軍將士的生命。

吳軍陣營中，凌操已經按捺不住了，轉頭看了眼周瑜，見周瑜皺著眉頭，沒有發話，便喊道：「大都督，衝吧！」

「再等等！等第一梯隊衝到漢軍陣前再說！」

周瑜也是十分的揪心，但是他有自己的打算，絕對不能輕易改變策略，輕則衝過去的那些人會白白送死，重則會輸掉整個戰鬥！

當漢軍射出第五波箭矢的時候，吳軍第一梯隊的士兵完好無損的只剩下一千人不到，但是，就是這不到一千人的盾牌兵以及後面帶傷忍痛作戰的敢死之士，衝鋒到漢軍的面前，舉起手中的兵刃朝著漢軍的盾牌兵便是一陣亂砍。

「轟！」

一聲巨響過後，兩軍終於兵戎相見，也就是在這個時候，凌操的第二梯隊騎兵隊衝了出去，每個人都伏在馬背上，快速馳騁著，趁著前軍盾牌兵正在拖住漢軍，便是一陣衝殺。

第三梯隊緊隨其後，又是一波持著盾牌的步兵，後面的第四梯隊則是嚴陣以待。

周瑜觀望著整個戰局，看到第一梯隊的人多數喪生，但是對漢軍卻造不成什麼太大的傷害，不禁皺起眉頭，期望凌操能夠創造出奇蹟。

諸葛亮也在後軍洞悉整個戰場，見吳軍不停地攻擊過來，第一波的步兵來勢洶洶，砍死了不少站在最前線的士兵，而第二波吳軍則迅速的衝過來，這一波整整五千騎兵，每一個人都伏在馬背上，看不到人，只能看到馬頭在上下攢動，奔騰起來連地面都為之顫抖。

他急忙下令變換陣形，W型的戰陣立刻分成兩邊，變成了兩個V字形的戰陣，同時藏在原本W型戰陣倒V後面的兩千騎兵迅速出動，開始肆無忌憚的踐踏著戰陣前面殘餘的數百名吳軍步兵。

騎兵對步兵，這種優勢很明顯，所以漢軍騎兵一經出動，便立刻將剩餘的數百名吳軍的盾牌兵給包圍起來，與此同時，長槍兵也同時出動。

兩千名長槍兵持著一丈多長的長槍迅速衝到了第一線，長槍一致對外，每個士兵都相距一段距離，散開之後，猶如一堵帶刺的城牆，想藉此抵擋住吳軍騎兵的衝擊。

漢軍散開的弓弩手也各就各位，對準衝過來的凌操等人，在一聲令下之後，紛紛放出箭矢。

漢軍的三萬軍隊中，光弓弩手就配備了一萬人，這是多麼強大的一個陣容，在密集的箭矢下面，能衝過來的騎兵肯定少之又少。

凌操伏在馬背上，見到漢軍箭陣又起，立刻大聲喊道：「散開！」一聲令下，五千騎兵立刻分作兩邊，向左右兩翼散去。

「嗖嗖嗖……」

如蝗蟲般的箭矢有一半射在地上，凌操帶著的騎兵也折損一千多戰馬，但是奇怪的是，這些戰馬倒地的時候，卻看不見騎士了，當騎兵散開之後，這些騎士才映入眾人的眼簾。

原來後面的騎兵早已經離開坐騎，在坐騎的掩護下，取下背後背著的圓形盾牌，拿出腰中繫著的連弩，直接變成步兵繼續向前衝鋒。

凌操等三千多騎散開兩邊，迅速向兩翼拉開了距離，避過漢軍長槍如林的戰陣，同時也是為了吸引漢軍弓箭手的注意力，讓他們跟著自己射箭。

諸葛亮看到這樣一幕，心中感到一絲驚訝，急忙再次下令變陣。

此時漢軍騎兵已經基本上掃清了吳軍的第一波士兵，與長槍兵一起後退，兩個V字形的戰陣向中間靠攏，盾牌兵仍是堵在第一線，弩兵第二線，弓箭手第四線，長槍兵散在兩邊，騎兵環繞在諸葛亮周圍，W型的箕形陣再次組成，構建成一堵防禦城牆。

對面的周瑜見到這種情況後，下令剩餘的第四波騎兵和第五波步兵同時衝了出去。

騎兵不過是掩護步兵靠近的工具，在此戰中，還作為吸引敵軍弓箭兵的注意力，所以這一戰，周瑜主要是動用步兵，騎兵只是配合作戰。但是如果真的兩軍全部碰撞在一起，騎兵便會繞道後面，直接襲擊諸葛亮所在的指揮點。

五波攻擊隊形盡出，周瑜身邊不過剩下一百餘騎，他已經將所有兵力全部押上，力求一戰而定勝負。

諸葛亮對此頗感壓力，正準備下令變換陣形的時候，突然聽到大營的後方傳來一陣吶喊，等他回頭看過去，便見後營火起，左營遭受到猛烈的進攻，孫策身穿金甲，頭戴金盔，手持飲血槍，披著白色的披風，帶著成千上萬的吳軍士兵從密林中殺了出來。

一看到這裡，諸葛亮登時恍然大悟，這周瑜實在太刁鑽了，約他鬥陣是假，偷襲大營是真。

他恨自己年輕氣盛，太過自信，一時中了周瑜的奸計。

此時大營一亂，引來戰場上無數士兵的圍觀，火勢也迅速蔓延開來，吳軍與奮，漢軍心慌，優劣之勢頓時顯現出來。

「撤！快撤！」諸葛亮見狀，急忙大叫起來。

就在這時，凌操帶著騎兵突然調轉馬頭，一個手勢打了下去，迂迴到兩翼的吳軍第二波騎兵登時向諸葛亮衝了過去。

凌操一馬當先，長槍出手，帶著數百親隨直接殺入漢軍陣營，弓箭手一時驚慌失措，四散開來，張南率眾抵擋，反被他一槍刺死，漢軍盡皆散開，反倒是減少了凌操的麻煩，一番衝殺，便殺出了一條血路，直接奔著諸葛亮去了。

（作者按，此張南非華夏國的張南，雖然同名，卻不同人。華夏國的張南是袁紹手下的將領，而這裡的張南，則是歷史上劉備的原班人馬，字文進，廣陵海陵（今江蘇如皋）人。）

諸葛亮周圍的騎兵見凌操的部下左右夾擊而來，紛紛護著諸葛亮退入大營，許靖帶兵迎接，堵住寨門。

凌操奮勇無敵，所到之處橫屍一地，許靖等將士盡皆膽寒，見抵擋不住，遂退走。

與此同時，周瑜也拔出了腰中長劍，「駕」的一聲大喝，大聲喊道：「破賊就在今日，吳國的兒郎們跟我衝啊，有冤的報冤，有仇的報仇，斬殺諸葛亮者，封萬戶侯！」

重賞之下，必有勇夫，吳軍同仇敵愾，一鼓作氣，連月來接連敗績，早就憋了一肚子火了，今日見漢軍營寨被襲，自己的皇帝親自帶兵殺來，大都督帶傷出征，聲聲吶喊之下，勇氣倍增，一股腦的撲向了漢軍。

漢軍本來就是遠道而來，人困馬乏，昨夜又被偷襲了一次，今日本來想借助鬥陣提高士氣，哪知道自己的大營都被放火燒了，而且漫山遍野的都是吳軍，前後夾擊之下，早就心驚膽戰了，吳軍這時一發起總攻，便立刻潰散開來，紛紛朝營寨去避難。

可是此時凌操率領的兩千多騎兵正在追殺諸葛亮，營寨內部也亂作一團。後營失火，左營遭受猛攻，孫策正好帶兵追擊過來，只好四處逃竄。

諸葛亮過去從未指揮過這麼大型的戰鬥，在兵力調度和人員配備上存在著很大的問題，關鍵是這是一支疲憊之師，而且吳軍的兵器、裝備都要遠遠高出漢軍許多，這麼一比較下來，倒是諸葛亮犯了嚴重的錯誤。

他沒出仕前，喜歡和龐統私下互鬥陣法，不過，那都是在旗鼓相當的情況下，而且是在巴掌大的地方，兩個人都能從空中縱觀全域。

可是現在，他指揮的是超過十萬的大軍，這等場面，他是第一次遇到，本想借此機會打敗周瑜得瑟一下，同時也讓自己名聲大噪，誰會想到竟然會有這個結果?!

前方孫策帶兵殺得天昏地暗，很快便衝出了一條血路，面帶春風地看著諸葛亮，彷彿他已經是孫策的囊中之物。

後面，凌操也是窮追猛打，雖然有不少騎兵捨命斷後，但是卻抵擋不住凌操的攻擊。

前有攔路虎，後有追命鬼，諸葛亮當真是像是掉進了無底洞一樣，而且漢軍雖然多，卻都在避難，根本沒有人注意他。

正當他感覺走投無路之時，卻見沙摩柯帶著一撥人馬殺了過來，每個人都穿著藤甲，騎著戰馬，一經殺出，便攔截住凌操的攻擊。

藤甲騎兵一衝出來，立刻展現出力挽狂瀾之勢，沙摩柯帶傷作戰，一通亂砍逼退了凌操，自己急忙策馬來到諸葛亮身邊，大聲叫道：「丞相，跟俺走！」

關鍵時刻，諸葛亮見沙摩柯殺來，像是吃了一顆定心丸，毫不猶豫地跟著沙摩柯走，數千藤甲奇兵護送著諸葛亮很快便從右營跑了出去。

孫策、凌操等人還繼續廝殺，看到諸葛亮逃走，都有些懊惱。

「凌操、徐盛壓陣！」

孫策不甘心就這樣放走諸葛亮，想將其生擒，帶著兩百親隨騎兵緊跟了過去，快馬狂奔，長槍舞動，所到之處，漢軍盡皆逃遁。

很快，孫策便追上了諸葛亮的那一幫子藤甲騎兵，孫策知道藤甲兵刀槍不入，所以長槍盡皆朝藤甲騎兵的面門上招呼，一槍戳死一個，連殺十幾個人，其餘藤甲騎兵見孫策勇不可擋，膽寒不已，紛紛散去。

「諸葛孔明，哪裡走！」

孫策座下戰馬跑得飛快，漸漸地和部下相距越來越遠，而且前面的藤甲騎兵也不敢攔路。

諸葛亮猛地一回頭，但見孫策單槍匹馬衝殺而來，離他越來越近，心中不禁生出一絲畏懼，猛地拍了一下馬屁股，大聲喊道：「孽畜，快跑啊！」

關鍵時刻，沙摩柯急忙勒住馬匹，一拉轠繩，直接調轉馬頭，手中握著去了刺的鐵蒺藜骨朵，怎麼看怎麼像一個大鐵杵，雙眼一瞪，全身氣勢登時完全展現了出來，橫在諸葛亮的背後，對部下吼道：「護送丞相離開，追兵俺自擋之！」

諸葛亮在十名藤甲騎兵的護衛下，迅速向前遁走，沙摩柯大吼一聲，舉著手中的大鐵杵便朝孫策衝了過去。

孫策見狀，冷哼一聲，喊道：「不自量力！閃開！」

沙摩柯哪裡肯閃，雖然右邊肩窩中了一槍，但幸好他是個左撇子，全身力氣全部在左臂上，此時右手勉強提著馬韁，左手握著大鐵杵，憤然使出猛烈的一擊，朝孫策的頭上砸了過去。

孫策早就有所防備，身子從馬背上躍起，騰在半空中，沙摩柯的大鐵杵直接砸在孫策的座下戰馬上，那匹戰馬登時悲鳴一聲，倒地而亡。

孫策此時在半空中收起一槍便刺了過來，那飲血槍，沙摩柯見了甚是熟悉，不禁吃了一驚，昨夜傷他之人正是用此槍的人。

「原來是你！」

沙摩柯見情勢不妙，立刻抽出腰中的短刀，擋住飲血槍的槍尖，但是由於孫策這一擊力度極大，他單手無法抵擋，反倒是短刀直接貼到了身上的藤甲，被猛烈的撞了一下，直接掉下馬背。

這個時候，孫策也落在沙摩柯的戰馬上，為了追趕諸葛亮，孫策放棄了殺死沙摩柯的機會，雙腳在沙摩柯座下戰馬的馬背上輕輕一點，整個人便立刻向前縱去，繼續追逐諸葛亮。

「諸葛孔明！」孫策奮起直追，所過之處無人敢攔，即使有人阻擋，也會被一槍封喉。

諸葛亮正在逃命，忽然聽到背後孫策叫了起來，而沙摩柯壓根就沒能抵擋得住孫策，這小霸王的名聲，今日他算是見到了。

他看到孫策滿眼怒火，一臉的殺機，不禁心中叫道：「難道我諸葛亮就要命喪於此？」

他騎術本來就不精，現在這一番奔跑下來，不禁人馬俱疲。

忽然，座下戰馬馬失前蹄，諸葛亮一個踉蹌，直接從馬背上被掀翻了下來，重重地摔在雪地上，摔了個狗啃泥，整張臉都埋在了雪窩裡。

孫策見狀，當下大喜，快馬加鞭向諸葛亮跑了過去。

說時遲，那時快，眼見孫策就要奔到諸葛亮的身邊，突然側面傳來一聲弦響，一支箭矢從孫策面前飛過。

孫策吃了一驚，急忙勒住馬匹，扭頭向箭矢飛來的方向看去，滿臉的怒火，怒吼道：「何人放冷箭？」

只見十餘騎從一個高坡上飛馳而來，為首一人，正是華夏國征南大將軍司馬懿！

他人未到聲先到，喊道：「華夏國征南大將軍司馬懿特來拜見吳國皇帝陛下，多有冒犯，還請恕罪！」

孫策見司馬懿跑了過來，暗道：「心道司馬懿怎麼會突然出現在這裡，司馬懿必然是為了諸葛亮而來，豈能讓他占了便宜？」

一想到這裡，孫策扭頭看去，但見諸葛亮已經跑得無影無蹤，不知道躲在什麼地方去了。

他恨得咬牙切齒，這會兒司馬懿則騎馬奔馳而至，他不見也不行，而且司馬懿的部下也將他團團圍住，堵住了他前進的道路。

「外臣司馬懿，參見陛下。」司馬懿翻身下馬，跪在地上道。

孫策皺著眉頭道：「你來幹什麼？」

「外臣是來接受諸葛亮投降的，如今諸葛亮及其屬下都是華夏國的部下了，我國皇帝陛下也已經下了詔書。」司馬懿目光中露出一絲狡黠。

孫策冷笑一聲，道：「不知道貴國皇帝陛下的意思是什麼？」

「陛下可能不太清楚其中緣由，所以才會和諸葛亮發生戰鬥，現在應該立即罷兵，諸葛亮等人已經是我華夏國的將士了，如果再繼續爭鬥下去，只怕會有損兩國邦交。為了一個諸葛亮，萬一演變成兩國火拼，到時候只怕吳國也會慘遭橫禍，值得嗎？」司馬懿語帶威脅道。

「你的意思是說，我們吳國打不過你們華夏國了？」孫策心中不喜，怒喝道。

司馬懿直起身子，笑道：「吳國和華夏國世代交好，從未發生過戰爭，不過，以目前的國力而論，如果一旦兩國之間爆發戰爭，只怕吃虧的會是吳國。我華夏國千萬子民，百萬雄師枕戈待旦，可謂是兵精糧足，人才濟濟……我想，陛下心中自然會有一桿衡量的尺度。當然，我國皇帝陛下也知道，吳國此次損兵折將，費人費力，為了彌補吳軍在戰爭中的消亡，自然也不會虧待吳國，到時候，皇上會派人來和陛下協商撫恤事宜。」

「哼！」孫策氣憤不過，可是也不敢跟華夏國叫板，當即調轉馬頭，含恨而去。

司馬懿見孫策走了，轉過身子，走到一個小山丘的溝壑那裡，看了一眼躲在溝壑裡的諸葛亮，喊道：「諸葛丞相，人已經走了，請出來吧！」

諸葛亮心有餘悸，此生第一次被人追得如此狼狽，況且又被司馬懿看到，只覺得自己無地自容。

他略微鎮定了一下心神，這才從溝壑中爬了出來，顯得十分狼狽。

「諸葛丞相，我是來接受你投降的，沒想到你居然會敗得那麼慘，而且還這麼的……哈哈……狼狽……」司馬懿譏諷地說道。

這時，沙摩柯等藤甲騎兵聚攏過來，反倒是將司馬懿圍住了。

諸葛亮怒氣衝天，大聲喝道：「綁了！」

沙摩柯等人聽到諸葛亮的命令，立即動手，沙摩柯拿住牛金，三名甲士則將司馬懿給按在了地上。

「諸葛亮！你膽敢如此？」

司馬懿大吃一驚，沒有想到諸葛亮會將自己給捉住，大聲抗議道。

諸葛亮冷笑一聲，道：「司馬懿，在我沒有正式投降之前，我依然是你的敵人，是你太輕敵了，羊入虎口，可別怪我哦。」

「諸葛小兒，你竟敢這樣對我們大將軍，你不想活了？你……」牛金見狀，忿忿不平地道。

沒等牛金說完，沙摩柯那如同缽盂般大小的拳頭便砸在了牛金的臉龐上，牛金的牙齒當即被打斷了一顆，口吐鮮血，臉上也留下一個很大的拳印。

「再叫，老子剮了你！」沙摩柯瞪著眼睛，恐嚇道。

「諸葛亮，你究竟想幹什麼？」司馬懿要比牛金顯得沉著的多，問道。

諸葛亮嘿嘿一笑，說道：「不想幹什麼，你看到了我的狼狽樣，為了以防萬一，我也要你跟我一樣狼狽……」

說著，諸葛亮便讓人將司馬懿給扔到他剛才躲藏的那個溝壑裡，喊道：「你爬上來，讓我看看，咱們便算扯平了！」

「好！好得很！這筆賬我記住了！」說著，司馬懿從溝壑裡用力的爬了出來，可是當他快要爬上來的時候，諸葛亮抬起腳便要去踹司馬懿。

司馬懿早有防備，一把抱住諸葛亮的腿，兩人就這樣一同又掉了下去，摔在溝壑裡。

這重重一下，兩人皆是摔得不輕，臉上都蹭破了皮，滲出點點血絲。

「丞相——」

「大將軍——」

幾乎同一時間，沙摩柯和牛金狂呼起來，剛喊完，便聽到溝壑中傳來兩人爽朗的笑聲。

等沙摩柯走進一看，徹底傻眼，剛才兩人還針鋒相對呢，現在居然握住對方的手，彷彿是不打不相識，又有點惺惺相惜的味道。

兩人被拉上去後，諸葛亮看著殘局，感慨道：「**沒想到我居然會敗在周瑜的手上，既生亮，何生瑜？**」

司馬懿聽後，安慰道：「勝敗乃兵家常事，你第一次率領這麼多的大軍，能有這番作為，已經是很了不起了，如今荊南三郡在手，長沙城我看也不用再打了，這兩天，皇上或許會親自抵達長沙，就荊南問題和吳國協商。」

「那我做的一切，豈不是白費了？」諸葛亮嘆道。

「也不全是，至少荊南四郡不會全部落入吳國手中。」

司馬懿目光獨具，跟在高飛身邊也很久了，所以能夠洞悉高飛心中所想，只是沒有明言。

孫策回去了，沿途遇到不少漢軍，一見孫策，彷彿孫策是個煞星一樣，都趕忙躲開。

凌操、徐盛一路追擊，斬殺不少漢軍士兵，見孫策回來，紛紛前來參見。

孫策道：「傳令下去，撤軍回城，所有戰俘一律帶走，逃走的那些就不要管了。」

凌操、徐盛狐疑道：「陛下，這是為何？」

「不要問了，把聖旨傳到每個士兵的耳朵裡。」孫策不悅地說道。

命令傳達下去後，正在廝殺的吳軍和漢軍頓時分開，周瑜來到孫策身邊，問道：「陛下，此時正是大破敵軍的好時候，怎麼突然下令停止廝殺了？」

孫策沒好氣地道：「如今這些士兵都是華夏國的兵，再鬥下去，已經失去意義了。」

「可是他們都是假扮的，怎麼……」

「司馬懿來了，帶來高飛的口諭，救走了諸葛亮，如果不是他的出現，諸葛亮早就被我生擒活捉了。現在，撤軍吧！」孫策淡淡地說道。

周瑜聽了，憤恨不已，卻也不敢違抗聖旨，只能眼睜睜地看著戰果就此白白浪費掉。

他對孫策道：「陛下！早晚有一天，我要給華夏國一個沉痛的打擊！」

「但願如此吧。」孫策的眼裡也冒出了精光，心中卻是十分的慘澹，暗暗發誓道：「十年……再給我十年時間，十年之後，我一定可以公然向華夏國挑戰。父親，您在天有靈，就保佑我和吳國吧……」

混戰結束，兩軍分開，這一戰，諸葛亮所部損兵折將，被吳軍俘虜三萬，戰死兩萬，傷四萬，只有一萬多人倖免於難，可謂是慘敗。

諸葛亮看著自己的部下，臉上無光，一時失策，換來的是這種沉重的代價。他忽然想到了紙上談兵的趙括，這樣的結局，他覺得自己和趙括很像。

這一次，諸葛亮等人全部歸順華夏國。司馬懿出面和孫策進行交涉，讓諸葛亮等人在長沙城外休養，他自己則帶著牛金進入長沙城。

吳軍這次雖然勝利了，可是卻沒有人歡呼，原因很簡單，本來可以一口氣消滅這撥人，但是司馬懿的出現，改變了整個戰局，讓這場戰鬥只有開始，卻沒有結尾。所以，城中士兵都對司馬懿懷恨在心，瞪著司馬懿，心中厭惡著華夏國。

在士兵的接待下，司馬懿和牛金來到太守府，孫策高高坐在上面。

「華夏國征南大將軍司馬懿，特來拜見皇帝陛下！」司馬懿單膝下跪，行禮道。

「起來說話！」孫策道。

司馬懿站起來後，抱拳道：「陛下，我是來要俘虜的，還請陛下高抬貴手……」

「你還有臉來要俘虜？那些俘虜都是我軍抓獲的，是在他們沒有投降前抓獲的，與你們華夏國無關。」周瑜反駁道。

司馬懿笑道：「這位是吳國大都督周公瑾吧？果然是一表人才！不過，我是在跟你們的陛下說話，陛下尚未發話，你作為臣子就在陛下面前隨意指畫，是不是太那個了點？」

「你……」周瑜氣得不輕，沒想到司馬懿這傢伙如此刁鑽，專攻他軟肋。

事實上，孫策和周瑜情同手足，兩個人好到穿一條褲子，雖然孫策是皇帝，可是孫策給予周瑜的權力足以把他這個皇帝給推翻。

這是一種信任，也是一種愛護，孫策還賜給周瑜上殿不履，可以攜帶武器任意出入的特權。有時孫策甚至讓周瑜來做決議，凡事都是和周瑜商量著來，可是這種特權到了司馬懿的嘴裡，怎麼就變成一種讓人聽起來很有點犯上的感覺。

孫策見周瑜一時窘迫，急忙幫他解圍：「司馬大將軍有所不知，這是朕給予周愛卿的特權，周愛卿的話有時就是朕的聖旨。請問，在你們華夏國，你可曾享有如此殊榮嗎？」

司馬懿搖搖頭，道：「我不過是一小將，不足以擁有此等殊榮。在我們華夏國，事事都是我們皇上說了算，別人說的話，只能算是參考意見，有任何懸而不決的事便匯總到參議院、樞密院，然後由兩院的丞相們稟告給我們的皇上。皇上是九五之尊，任何人都不得代替皇上說話，不然的話，只怕久而久之，那個代替皇上說話的人會在無形當中變成皇上……」

「司馬懿！你在說誰？」周瑜聽著司馬懿指桑罵槐的話，差點沒跳起來。

「周大都督，你何必如此激動呢，我只是就事論事，說出我們華夏國的實情而已，你那麼激動，難道心中有鬼？」

「你才心中有鬼，我周瑜問心無愧，對陛下更是忠心耿耿……」

「忠心可不是用說的哦……光說不練，那怎麼成呢？」

兩人你一言我一語的，針鋒相對，互不相讓。

「夠了！」孫策突然怒喝一聲，「都當朕駕崩了嗎？」

一句話喊出，所有人全部跪下，齊聲道：「我等不敢！」

「司馬仲達！你想要回俘虜也很簡單，每個俘虜十枚金幣，想要俘虜，就拿錢來換，這些可是我吳國將士浴血奮戰的結果，我軍的傷亡不比漢軍少！」

「這件事，外臣做不了主，皇上只賦予我獨斷軍事的權力，所以我需要請示皇上。」司馬懿面不改色地答道。

司馬懿早有所料，從看到吳軍帶走俘虜那一刻，他就心裡有底了，只是讓他沒有想到的是，孫策是要用錢來贖人。

一個人十枚金幣，三萬人就是三十萬枚金幣，這簡直是獅子大開口啊，知道一枚金色的華夏幣在華夏國能用多久嗎？夠一個人吃一個月的，他張嘴就是一個人十枚，徹底是窮瘋了。

牛金聽到孫策的條件，頓時驚訝的直打飽嗝。

「還有，我們此次出征，成功的牽制住漢國的半數兵馬，所以，你們華夏國也要表示一下誠意，割讓半個荊州出來！你將這條件一併轉達給你們的皇上。」

司馬懿「諾」了聲，心裡卻道：「這孫策的口氣還不小，居然敢要半個荊州？」

從長沙城裡出來後，司馬懿沒有耽擱，立刻派出人去通知遠在襄陽的高飛。這個時候，他的大軍也在來的途中，和諸葛亮等人合兵一處，荊南戰鬥就此息事寧人。

當夜，司馬懿、諸葛亮等人聚在大帳裡，忽然接到一封周瑜的書信，說是給諸葛亮的。

諸葛亮拆開看後，臉上變色，接著將那封信撕得稀巴爛，怒道：「士可殺，不可辱！周瑜小兒欺我太甚！」

司馬懿問道：「諸葛賢弟，何事惹你如此動怒？」

於是，諸葛亮便將和周瑜陣前打賭的事說給司馬懿聽。

司馬懿笑了起來，對諸葛亮道：「賢弟準備怎麼辦？」

「涼拌！」諸葛亮正在氣頭上，沒好氣地說。

「賢弟啊，願賭就要服輸。韓信當年還曾經受過胯下之辱呢，區區男扮女裝，又何足掛齒？我看，賢弟就穿上女人的衣服在兩軍陣前行走一圈算了……」

「你敢奚落我？」

「不是奚落，是你太年輕氣盛，太自以為是了，這件事正好讓你長個記性。周瑜成名很早，領兵作戰經驗豐富，對軍事十分熟悉，你我不過是後起之秀，如果不虛心一點，以後早晚還會吃周瑜的虧。今日在太守府，他故意表現的如此激烈，其實以他的智謀，不可能會如此表現，我想，他又在謀劃什麼奸計了，我們必須留在這裡看住他。」

諸葛亮聽後，覺得司馬懿說得很有道理，他吃虧就吃虧在經驗不足上，對兵將布置的並不齊整。

「罷了罷了，豁出去啦，大丈夫當能屈能伸，穿女人的衣服算什麼！」諸葛亮想了許久之後，下定決心道。

司馬懿笑道：「你且等著吧，**你和周瑜之間，早晚還會有一場大戰，那一次，才是你們真正一較高下的時候。**」

「你呢？」

諸葛亮瞥了司馬懿一眼，彷彿自己的路已經被司馬懿安排好了一樣。

「我？我的對手在西北，徐庶將是我的第一個目標……」

司馬懿說這句話的時候，顯得十分的淡定，深邃的眼裡彷彿看透了一切。

襄陽。

攻占襄陽城後，高飛做了一連串妥善安置降兵的措施，這次，他沒有再用忘憂散，因為人數太多，也不夠人道。

占領襄陽城的幾天時間內，趙雲、張郃、司馬懿、陳到、甘寧都傳來了好消息，蜀漢被曹魏攻占，趙雲、張郃借著這個機會，趙雲攻占了上庸等地，張郃占領了巴郡的魚復縣，司馬懿大軍南渡的消息也傳了過來。

又過了兩三天，襄陽城的局勢漸漸地安定下來，這時候，司馬懿派出的斥候也已經抵達襄陽城，向高飛彙報了荊南的情況。

高飛聽完，便將郭嘉找了來，問道：「荊南的事，你應該知道了吧？」

「是的，臣剛才碰上司馬懿派來的斥候，已經知道了。」郭嘉答道。

「那麼，你認為這件事該如何處理？」高飛攤開地圖，將整個荊州盡收眼底。

郭嘉湊了過來，說道：「皇上，這次吳國確實對我們幫助很大，在之前還不清楚諸葛亮有投降的行跡時，吳軍的出現算是替我們成功的牽制住在江陵的漢軍；而且吳軍損兵折將，這也是事實，不過，諸葛亮的出現，使得本該吳國占有的荊南幾乎成了我華夏國的土地，這件事放在誰的身上都不好受。礙於我軍和吳軍的關係，臣以為，應該給吳國一點相應的補償。」

高飛點點頭，笑道：「我也是這樣想的，不過，關鍵就在這個補償上，既不能讓我們吃虧，又能讓吳國就此干休，實在是難上加難啊。如今荊州局勢大致已定，天下呈現三分之勢，曹魏攻占了蜀漢，後方兵力必然空虛，我已經在半月前命令太史慈全權負責攻略涼州一事，之所以一直沒有行動，就是想等到荊州局勢塵埃落定之後再全力奪取涼州、秦州。如果在荊南的問題上不能迅速解決此事，一旦曹操的大軍回到秦州，我軍就失去了奪取秦州、涼州的大好時機，我的心情，你能理解嗎？」

「臣明白，臣以為，皇上可親赴秦州、涼州，委任一人留在荊南，全權負責談判事宜，這樣，兩下都不耽誤。」郭嘉建言道。

「不！我如果不親自和孫策談，只怕孫策的氣焰會一直不下來，再怎麼說，我也是孫策的長輩，和他父親孫堅稱兄道弟，在這方面，我自然要高過他一頭。奉孝！」高飛說著，忽然目光中閃過一絲光芒，衝郭嘉喊道。

「臣在！」

「國丈年事已高，雖然老謀深算，但經不起折騰，荀公達還有大用，荊州的安定不能是短時間的，有公達坐鎮荊州，我也算放心了，所以，就只能麻煩你一趟了，即刻行動，先奔赴潼關，協助徐晃攻打秦州，與太史慈相互呼應，這樣一來，魏國留守的兵馬就前後不能兼顧了。雖有羌人為助，也翻不起什麼大浪。」

「臣遵旨！」

郭嘉一直對高飛的戰略甚是佩服，他有時候覺得，高飛讓大家獻計，其實不過是假借他們的口說出來而已。對於眼前這個帝王，郭嘉很是滿意。

「嗯，去準備準備，經過宛城時，將高麟帶到潼關去，讓他見識一下，什麼才是真正的戰爭。」

郭嘉質疑道：「皇上，二皇子才五六歲年紀，這麼早就讓他看見這些殺戮，是不是太殘忍了點？」

「殘忍？呵呵，什麼叫殘忍？如果不讓他經歷這一切，他又怎麼能夠知道什麼才是戰爭？你按照我說的去做，我想，他會很高興的，他已經是殺過人的人了，鮮血嚇不倒他。」

「臣明白了，臣這就告辭了。」

「哦，奉孝，還有一件事，必要時，可以讓匈奴軍協助出擊，你是匈奴的女婿，這件事，也只能讓你去辦了。」

「臣遵旨。」

郭嘉退走後，高飛讓人召回在新野等地安置百姓的荀攸，讓他全權負責襄陽城事宜，並且派遣張遼、黃忠、文聘去占領荊州一帶所有空著的城池，大軍全部鋪開，將幾十萬大軍完全鋪在荊州這片土地上，為以後做準備。

另一方面，高飛讓司馬懿秘密去靈州，荊南大軍，完全委任給甘寧帶領，諸葛亮的那批降軍，仍由諸葛亮統轄，他自己也開始動身，親赴長沙城。

第五章

冰山一角

以前，他以為天下就只有大漢那麼大，直到今天他才知道，原來自己以前認為的天下，不過是冰山一角，在他心中所謂的天下的外面，還有更大的天下。他是一個充滿雄心壯志的人，當他看到這幅地圖時，徹底的被吸引住了。

靈州。

臘月的嚴寒肆意地侵略著整個西北，天空中紛紛揚揚的飄著鵝毛般的大雪，整個西北都沉浸在白茫茫的一片當中。

靈州城的城牆上，華夏國的士兵裹得嚴嚴實實的，在獵獵的刺骨的寒風當中，一些士兵仍然堅守著自己的崗位。盔甲上落滿了雪花，但是士兵卻巍然地站在那裡一動不動，目光犀利，掃視著城外的每一寸土地。

不多時，一批士兵前來換班，這些固守在嚴寒當中的士兵才得以動彈，因為凍得有些僵硬，走起路來像是一具殭屍。

雖然在這樣艱苦的環境下站崗，但是每個士兵的心裡都是美滋滋的，因為站完崗之後，就可以進軍營暖和，喝上美味的肉湯，然後好好的睡上一覺。

就在兩撥士兵交接的時候，城外白茫茫的雪原上，來了一支騎兵隊伍，踏著厚厚的積雪，頂著這寒冷刺骨的北風，迤邐而進。

好奇的士兵看到後，不禁想道，哪個傻子會在這種天氣下到處亂跑？可等到那撥騎兵走近一看，讓大家都大跌眼鏡，竟然是他們的虎翼大將軍。

城外，太史慈頂著風雪，手持風火勾天戟，胯下騎著一匹獅子驄，身後百人小隊緊緊跟隨，臉上凍得鐵青，身上的積雪也讓他們快成為一個不折不扣的雪人了。

他居然從城外趕來，這讓守城的士兵感到十分意外，因為大家已經有大半個月沒見過太史慈了，為啥他從城外趕來？士兵們百思不得其解。

「大將軍到！快快打開城門！」一名騎兵當先奔到城門口，對著城樓上的士兵喊道。

城門打開了，太史慈等人快速駛進城內，士兵頂風將城門關上。

太史慈馬不停蹄，奔到府衙。

府衙裡的衙役看到太史慈等人回來，連忙通知裡面，府衙內的人立刻出來接應，將太史慈迎入府衙。

一進入府衙，太史慈拍打了下身上的雪花，轉身對身後那一百名騎兵喊道：「你們都去暖和暖和吧，辛苦你們了。」

「為大將軍效力，不辛苦！」

「不辛苦才怪！快快滾回軍營去，去喝點肉湯，然後鑽進被窩，睡上一覺。」太史慈笑道。

說完話，太史慈轉身走向府衙的內堂，此時，一個十分漂亮的女人從裡面走了出來，正是田豐之女田欣。

田欣一見太史慈回來，立即迎了上去，握住太史慈的手，冰冷的寒意登時傳到身上，讓她不由得打了個冷顫。外面天寒地凍的，此行一定把太史慈給凍壞了。

田欣深情款款的看著太史慈，將太史慈的手緊緊地握住，放在自己的心口上，關心地道：「夫君，讓你受凍了……」

太史慈大咧咧地笑了起來，急忙抽出自己冰冷的手，怕凍著了田欣，說道：「夫人不必牽掛，我身上暖和著呢，一會兒便好。夫人，此行雖然辛苦，卻很值得。」

說著，太史慈不斷地搓著自己的手好增加暖度。

田欣執拗的將太史慈的手緊緊握住，放在自己的嘴邊，不停地哈著氣。

當她看到太史慈的手上出現凍瘡時，皺起了眉頭，嬌嗔道：「還說沒事，都凍成這個樣子了，你怎麼也不知道醫治一下？不是有隨軍醫生跟著嗎？」

「嘿嘿嘿……」太史慈見田欣如此關心自己，傻笑道：「軍醫帶的藥品不足，其餘士兵還要用呢，我都給他們用了，他們比我嚴重得多。」

「夫君，我給你暖暖……」說著，田欣便拉著太史慈走到內室，摒退婢女後，將太史慈的手直接塞進她的衣服裡，放在她略微鼓脹的肚子上，問道：「暖和嗎？」

「夫人不可如此，凍壞了你可怎麼辦？」太史慈急忙想抽出手，可是田欣卻死死拽著不放。

「摸到沒？」

「嗯，吃胖了。」

田欣瞪了太史慈一眼，一把將太史慈的手給甩開，微怒道：「笨蛋，不理你了。」

太史慈哪裡知道田欣為何如此，急忙道：「夫人，我又怎麼惹你了？」

田欣和太史慈的結合，雖然是高飛指婚的，但是兩人在婚後十分美滿。

本來，太史慈有一個妻子，可惜生下兒子太史享之後不久便去世了，後來太史慈就一個人又當爹又當媽的，拉拔著兒子長大。直到一年前，高飛走訪靈州，見太史慈孤兒寡爹的，家裡也沒個女人，便將田豐之女田欣許配給太史慈。

一來，田豐之女才智過人，二來美貌非常，田欣既可以給太史慈當妻子，又可以當軍師，對於鎮守靈州大有裨益。此次太史慈就是聽田欣的話，遠赴烏孫國，去和烏孫王商量結盟事宜的。

「笨蛋！你真是大笨蛋！我有了。」

「有什麼了？」

「有我們的骨肉了！」田欣又氣又好笑地說道，這個夫君除了知道打仗，其他方面都像個笨蛋。

太史慈一聽這話，登時便開心起來，一把將田欣給抱了起來，原地轉圈道：「我有孩子了，我有孩子了……」

「放我下來，放我下來！」田欣拍打著太史慈。

太史慈當即道：「對對對，你現在有身孕了，不能如此……」

將田欣放下來後，太史慈便將田欣抱在自己的懷裡，說道：「夫人，以後我要對你更好，加倍的好……」

「夫君對我一直都很好，我已經很滿足了。對了夫君，烏孫國的事，進展的怎麼樣了？」

「夫人智謀過人，料事如神，那烏孫王這幾年沒少被羌人和鮮卑人欺負，但是苦於羌人、鮮卑人的強大，只能忍氣吞聲。這次我秘密去烏孫國，見了那烏孫王，烏孫王表示，只要我們能將鮮卑人趕走，他們願意從此以後歸附咱們華夏國，並且每年都為我們華夏國進貢上等的良馬。除此之外，烏孫王還透露，說西域等國雖然盡皆臣服於魏國，但是魏國內的羌人經常去西域鬧事，弄得西域境內怨聲載道，是敢怒而不敢言啊。」

田欣聽後，想了想，說道：「皇上讓你攻打涼州，但是這半個月來，一直在下大雪，而且也快到年關了，各地必然會沉浸在過年的氣氛當中。如果這時候夫君能帶兵出征，殺他個出其不意，必然可以奪取涼州。另外，烏孫國和西域各國的事，可以派遣使者去相互聯絡，然後邀請各國一同反魏。至於鮮卑人嘛……鮮卑人這幾年來雖然和魏國結盟，但是並未從魏國那裡得到一點好處，鮮卑人也一直耿耿於懷，夫君可以派出使者聯絡鮮卑人，許以金銀珠寶，只要不妨礙我們攻略涼州，到時候還可以將大批華夏國的物資送到鮮卑人那裡。如此一來，只要攻下武威等地，便可切斷魏國與西域的聯繫，解決後顧之憂，然後全力奪取涼州。按照皇上信中所說，魏軍在涼州的兵力定然不多，馬將軍在羌人中素有威望，可以利用馬將軍的威名安撫羌人。」

太史慈道：「羌人和曹操穿一條褲子，只怕不會那麼容易。不過，死馬當活馬醫，姑且試試吧。夫人妙計，定然可以奪取涼州。」

臘月二十。

作為華夏國虎翼大將軍，西北軍第一總指揮的太史慈，隨即發出了第一道命令，那就是備戰。

命令發下，二百餘名斥候全體出動。

這幾年，靈州一帶成為華夏國的第一軍事要地，華夏軍以步步為營的姿態，在河套地區建築塢堡、壁壘、要塞，五年下來，建造大大小小的軍事建築一共二百多個，密密麻麻地分散在靈州府的周圍。

每個軍事建築裡面都留有駐軍，這些駐軍農忙時下地幹活，農閒時駐守邊疆，五年內開墾了不少荒地，使得靈州一帶遍地都是農田，前兩年還需要從國內調集糧草，到後來，自耕自種的就足以滿足靈州駐軍的需求。

當然，這是泛指，因為這其中包括了五原、雲中、朔方等地生產總值，河套地區的產糧全部用於軍糧。百姓耕種的土地，除了少量要繳納之外，其餘全部留著私用，所以這一帶儼然成為塞上的江南。

當然，這個時候的江南，嚴格的說，還不是明清時候的江南，因為這個時候的江南，還未得到完全的開發，這裡說的塞上江南，只是一種比喻。

命令一經下達，整個靈州的兵力便開始積極的備戰，二十萬大軍勢要攻克涼州全境。

除此之外，太史慈還給駐守在五原、雲中、朔方等地的東夷籍軍隊發號施令，徵集三府東夷弓箭手到靈州駐防。

此外，太史慈召集馬超、龐德、魏延、褚燕四大將軍到靈州城議事。

臘月二十一。

馬超、龐德、魏延、褚燕分別從靈州府下屬的四個縣趕回靈州城，西北軍五大巨頭一經會面，便開始商議如何拿下涼州全境。

這幾年裡，西北軍作為華夏國第一支單獨成立的野戰軍，在實力上不容忽視。軍隊裡既有匈奴兵，也有羌兵，還有東夷兵，二十萬大軍分散在河套地區，固守北疆和西北邊境，一直是魏國的眼中釘。

十萬東夷兵雖然名義上被高飛在五年前裁撤，但是實際上還是歸屬太史慈的管轄範圍。除此之外還有漢兵五萬，加在一起，西北軍算算一共有二十五萬。

在早先幾年裡，西北軍完全遵守高飛的旨意，在西北屯田。那麼多的軍隊，一年要消耗的糧食、兵餉可是一筆不小的開支。除了十萬東夷兵不用再付錢外，剩餘十五萬大軍全是華夏國養著。

養兵，就需要有足夠的糧食和錢財。所以，高飛制定了第一個五年計劃，開發河套地區。

五年來，西北軍未嘗有過一戰，但是作為西北軍的士兵來說，卻不是那麼輕鬆，開墾荒地，修建防禦壁壘，挖掘河渠，這些都是他們要做的。一方面要軍屯，一方面要保護遷移過來的百姓，在不斷地融合當中，那些東夷兵、匈奴兵、羌兵已經漸漸地融合成西北軍的主要力量，和漢人籍的士兵成為情同手足的異性兄弟。

正如高飛為西北軍制定的口號一樣，四海之內皆兄弟。這些來自不同民族的士兵，已經拋棄了民族間的恩怨，徹底的成為華夏國大家庭中的一員。

所以，五年過後，高飛親自視察過西北軍後，決定正式賜予番號，一改以往鎮戎軍的番號，成立華夏國第一支獨一無二的集團軍，稱之為：「西北野戰軍」。

靈州城的府衙內，這些以往還有嫌隙的將軍們，如今已經成為兄弟，大家沒有品級之分，均以兄弟相稱，圍著火爐，坐在一起吃肉喝酒。

酒足飯飽後，太史慈首先說道：

「今日召集四位兄弟前來，不為別的，皇上的聖旨已經在二十天前，還沒有滅掉荊漢的時候，就發到了我們這裡，當時我也讓各位兄弟都看了，目的是攻略涼州。如今寒冬臘月，蜀道難走，曹魏的半數兵馬都在蜀中，即使退回到秦州，也需要小半個月的時間，這小半個月的時間，就是我們西北野戰軍一展拳腳的時間。五年了，各位兄弟時時刻刻不再期待著與魏軍一戰。一個半月前，我軍奉旨佯攻涼州，只是小試牛刀，如今大戰即將來臨，諸位應當共同努力才是。」

馬超本來是一直恥於在太史慈之下的，但是在經過高飛的說合之後，便漸漸地放棄了這種打算，畢竟是寄人籬下，無可奈何。

不過，經過五年的相處，馬超雖然一直念念不忘地想著報仇，但是在跟太史慈、龐德、魏延、褚燕等人的關係上，卻變得相對密切了一點。

而且馬氏一族也被高飛安排得很妥當，其堂弟馬岱被任命為東夷校尉，又封為一等男爵，就連他的弟弟也都被封了子爵，人心都是肉長的，他自然知道高飛對自己好，也就甘心為其賣命了。

「我去攻取武威！」馬超第一個說道。

「那我去攻取安定。」魏延也當仁不讓。

「我與馬將軍同去，待馬將軍攻取武威之後，我便去攻取張掖、酒泉、敦煌三郡。」龐德口氣不小的說道。

「我與魏將軍同去，攻取漢陽、然後合擊金城、隴西。」褚燕道。

「不！」太史慈聽後，否定道：「不分兵，二十萬大軍全部直撲武威，靈州城不必守，我已經調集五萬東夷兵前來駐防，東夷弓箭手厲害非常，躲在要塞裡面，可以拱衛靈州。」

「二十萬大軍齊攻武威？不覺得這太浪費了嗎？」馬超持反對態度。

「浪費？嘿嘿，那可未必。武威是涼州東西連接的要地，拿下武威之後，就相當於將涼州一分為二，之後大軍南下席捲涼州各郡。以我西北野戰軍的雄姿，誰敢抵擋?!各郡只能望風而降。就算遇到了羌人，也可以用優勢兵力擊潰他們。」太史慈道。

魏延問道：「合兵而進，那背後呢？萬一張掖、酒泉、敦煌等地來攻擊我們，還有鮮卑人，那我們豈不是腹背受敵？」

「不會，我已經讓人去鮮卑人那裡聯絡了，而且烏孫國的國王也同意代為聯絡西域各國，同時反魏，足以牽制三郡的魏軍。」太史慈道。

眾人都感到一絲的疑惑，這太史慈明顯比以前聰明許多，轉念一想，太史慈的夫人是田欣，便多少明白了些。

「那好吧，大軍齊攻武威，如果分兵的話，遇到羌兵確實不容易抵擋，合併而進，我沒什麼異議。」馬超首先說道。

「我也沒異議。」龐德緊跟著道。

褚燕、魏延亦齊聲道：「合就合吧，合兵熱鬧。」

太史慈道：「那好，各位兄弟儘管回去準備，臘月二十八齊攻威武，我們要在武威城裡過年。」

「諾！」

與此同時，高飛也已經抵達了長沙，在萬眾矚目之下，邀請吳國的皇帝一起出來看雪景。

荊州這裡並未下雪，但是天氣依然寒冷，再過不多久，就要過年了，在尋常的這個時候，百姓的家裡都在準備年貨了。

白茫茫的雪地上，高飛、孫策相向而行，兩個人自從當年在吳國分別後，便從未見過，如今再次見面，孫策已經是二十一歲的青年，而高飛也進入了中年。

孫策看著高飛，見高飛依然是體格健壯，精神十足，不同的是，身上那種飽經滄桑的韻味，讓人看了都會覺得這個人一定經歷了很多很多。

兩個人都是穿著一身便衣，相見之後，兩人互相地笑了笑。

「經年不見，叔父還是那麼的健朗，這讓小侄情何以堪啊。」

孫策臉上蓄著八字鬍，見高飛的臉很乾淨，多少有些疑惑，但是出於禮貌，他還是拱起手向高飛抱拳說道。

「呵呵……小霸王的威名也是江東盡知，今日一見，確實很有西楚霸王當年風範……」

「叔父今日此來，不是為了專門誇獎小侄的吧？」

「自然不是，我為何而來，你心中盡知，客套話咱們也不用說了，直接開門見山的說吧，這次我就是為了荊州的問題而來的。」

「我還是那句話，想必征南大將軍司馬懿也跟叔父說了吧？」

「呵呵，半個荊州？你不覺得你的要求太過分了嗎？」高飛冷笑道。

「我吳國將士，血灑疆場，替華夏國牽制了多少兵馬？半個荊州，是我吳國將士用鮮血換來的。」

「哦，可是你放眼看看，荊州，除了半個江夏和整個長沙外，還有哪片土地插著你吳國的大旗？你要半個荊州，不是過分是什麼？」

「話可不能這樣說，這荊南四郡是我吳國最先占領的，要不是那諸葛亮使詐，我豈能丟失？」

「爭吵也不能得出什麼結果，這樣吧，讓我們心平氣和的坐下來談一談吧！」

「好，那就談吧。」

高飛道：「這樣吧，吳國的犧牲，我會給你一個滿意的答案，不過，你的要求也別太過分了，你說個底價，讓我知道你想要什麼？」

孫策道：「很簡單，我把江夏郡給你華夏國，你把荊南的另外三郡全部給我吳國。」

高飛聽後，哈哈笑道：「小侄子，你可真會做生意啊，**你以江夏半郡之地就想換我荊南三郡，這樣的買賣，你認為我會做嗎？**」

「那就沒得談了，荊南三郡是諸葛亮從我吳國手中奪去的，我吳國自然有權收回這三郡，不過，念在諸葛亮投降了你華夏國，就請你將他帶走，以免我們兩國發生爭端，傷了和氣，那多不好。叔父，你說呢？」孫策皮笑肉不笑的說道。

高飛表情冷峻，目光中充滿了憤怒，卻沒有說話。

孫策看到高飛的表情，也不害怕，他自恃武力過人，如今和高飛一對一，即使發生什麼事，也不用害怕。

他笑了笑，說道：「叔父，好像我們之間還欠下一個約定哦……」

「什麼約定？」高飛狐疑地道。

「當年在討伐董卓時，我們不是曾經立下一個六年之約嗎？現在六年早過了，侄兒不才，斗膽向叔父請教一二。」孫策抱拳道。

「之後再履行，今天暫且到此，明天的這個時候，我們還在這裡見面，到時候，我會給你一個滿意的答覆。」說完，高飛轉身便走，頭也不回。

孫策笑面相送，抱拳道：「叔父，小心路滑，一路走好！」

高飛回到軍營後，心情糟糕透了，孫策這小子果然刁鑽。

甘寧見高飛回來，問道：「皇上，事情談得怎麼樣？」

「孫策要用江夏郡和我換武陵、零陵、桂陽三郡。」

「癡心妄想！皇上，讓我的水軍全部過來吧，進入洞庭湖，全線包抄，將孫策等人死死地堵在長沙，皇上再親率陸軍圍城，跟他打一仗，讓他知道我們華夏國的厲害，敢跟皇上面前叫囂，活得不耐煩了！」甘寧氣道。

「大將軍未免太意氣用事了。現在不是跟吳國開戰的時候，當前天下呈三分之勢，如果我軍和吳國開戰，就無法對付魏國，會陷入兩線作戰的境地。如果現在和吳國繼續友好下去，調集優勢兵力伐魏，至少吳國不會在背後搗亂。你們都下去吧，容我想想，看該如何解決這件事。」

甘寧哀叫道：「皇上，我的水軍都來了，不讓我打一仗，那怎麼行？」

高飛拍了拍甘寧的肩膀，笑道：「你放心，等明年開春，一定讓你去打一仗，而且讓你去征服一個國家。」

「一個國家？天下三分，難道明年就要攻擊魏國了？」

「那倒不是，你所要去的國家在海外，和三韓只一海之隔……」

「那是什麼地方？」甘寧狐疑地問道。

「倭國！」

「倭國？在哪裡？」

「到時候你就知道了，你先下去吧，讓我好好想想，明天必須把荊州的爭端給解決了。」

「諾！」

孫策回到長沙城，周瑜便急忙問道：「都說了？」

「都按照你的計策說了，我看到高飛的臉青一陣紅一陣的，公瑾，你說高飛真的願意和我們換嗎？」

「肯定會，江夏的地理位置本來是很好的，我軍占領之後，也可以發揮其作用，可是，華夏國的南陽、南郡、汝南將華夏國圓弧形的包圍起來，而且我軍並未占領江夏全境，倒不如用江夏來換荊南三郡。荊南三郡一旦全部屬於我吳國，就可以和交州連成一片，沒有什麼後顧之憂，而且向西還可以仰望巴蜀。高飛是個聰明人，在魏國還存在的時候，是不敢和我們撕破臉的，這樣的話，他就會陷入兩線作戰，對華夏國甚為不利。陛下儘管放心，高飛明日一定會換的。」

孫策聽後，笑道：「公瑾妙計，前些日子逼諸葛亮穿著女人的衣服在兩軍陣前行走，現在又把高飛給逼得敢怒不敢言，我吳國有你在，何愁大業不定?!」

這時，門外走進來一個人，手中拎著一個血淋淋的包袱，一進大廳便滿面春風，將那個血淋淋的包袱扔到地上，跪拜道：「臣鎮南將軍蔣欽，叩見陛下！」

孫策和周瑜正在歡笑，忽然見蔣欽到來，手中拿著的那個包袱裡露出一顆人頭來，臉朝下，看不清楚是誰的頭顱。

孫策看到蔣欽滿臉笑容，心中一驚，急忙走了過去，用腳踢了一下那顆人頭，人頭翻轉過來，露出一張他憎惡多時的臉龐。

他的臉上隨即笑了起來，抬起腳踩在那顆人頭上，興奮不已地罵道：「大耳賊！你也有今天！哈哈哈哈……」

周瑜看了一眼，見那顆人頭不是別人，正是荊漢皇帝劉備的，只是面目猙獰，極為難看，大概是對死亡的恐懼吧。

他扶起蔣欽，說道：「蔣將軍，辛苦你了，你是怎麼找到劉大耳的？」

於是，蔣欽便將如何找到劉備，又是如何殺死劉備的經過說了一通。

原來，蔣欽、潘璋奉命搜索劉備的行蹤，苦苦找尋了三天，都不知道下落。

後來，忽然有一個黑衣人出現，告知他們劉備的行蹤，他和潘璋馬不停蹄地趕到那裡，在一個山洞裡正好碰上了逃難的劉備。

此時的劉備已非以前的劉備了，衣不蔽體地躲在山洞裡，那麼冷的天，那麼單薄的衣服，就算他們沒有找到劉備，估計用不了多久劉備也會被凍死。

蔣欽、潘璋二人見到劉備後，立刻將其格殺，砍下人頭，潘璋留守江夏，蔣欽則馬不停蹄地趕到長沙來邀功。

聽完蔣欽的敘述後，周瑜的眼睛轉了轉，道：「陛下，明日儘管提著劉備的人頭去見高飛，就說替華夏國抓到了劉備，並且斬殺了劉備。我再派人散布謠言，就說是高飛唆使我們這樣做的。」

孫策聽後，不懂道：「何故如此？大耳賊乃我殺父仇人，為何要將人頭獻給高飛？」

周瑜便貼在孫策耳邊小聲說了幾句話，孫策聽後，哈哈笑道：「公瑾妙計！」

孫策當即賞賜給蔣欽百金，又給蔣欽、潘璋增加了三百戶的食邑，讓蔣欽暫時留在長沙，等明天談判過後再行回去。

第二天，臘月二十二。

天空中下著小雪，孫策和高飛如約而至。不同的是，孫策的手中拎著一個包袱，滲著一些血絲，奇的是，高飛的手中也拎著一個包袱。

孫策見高飛手中也拎著一個包袱的時候，不禁心中一怔，暗想：「難道這裡面裝的也是一顆人頭？」

兩人寒暄幾句後，孫策便將手中帶血的包袱扔在地上，對高飛說道：「叔父，小侄給你帶來了一件禮物，還望叔父收下。」

高飛「哦」了一聲，見孫策蹲下身子打開包袱，裡面露出劉備的人頭來，瞥了一眼，道：「侄兒，我應該恭喜你才對，你殺了劉備，報了父仇，文台兄在天有靈也可以瞑目了。」

孫策見高飛淡然處之，狐疑地道：「叔父難道不高興嗎？我替叔父除去了一個勁敵，省得他東山再起了。」

「劉備大勢已去，天下已呈三分之勢，我和你父親的約定也即將完成，一旦我滅了魏國，那麼吳國和我華夏國便可合而為一，共同執政了。」

「合而為一？共同執政？」

孫策不懂，他從未聽父親說過此事，只有凌操帶回了父親的遺命，說是有生之年，千萬不可與華夏國為敵，讓孫策謹記。

「這個以後再說，賢侄，你既然將劉備人頭送給我，何不連劉備的屍身一起送給我呢？」

「如果叔父需要，小侄照辦就是。」

孫策不知道高飛葫蘆裡到底賣的是什麼藥，好像跟周瑜說的有些不同，他既沒有吃驚，也沒有任何的表態，平淡的似乎這件事壓根就沒有發生過。

「嗯，賢侄，我今天也要送你一件禮物……」

說著，高飛便將包袱打開，從裡面抽出一個長長的畫卷來，然後就地將那幅畫卷攤開。

孫策看到畫後，登時來了精神，因為那幅畫卷是一幅地圖。

「這是我昨夜畫的，現在轉贈給你，這叫世界寰宇圖，我們所處的這個地方，在這裡……」

高飛用手在地圖上指了指，「這裡曾經是大漢的天下，從這裡向西，一直沿著絲綢之路走，會抵達很多不同的國家，這些國家有的強大，有的弱小，風情、民俗、長相都和我們不一樣。在這個叫歐洲的地方，那裡有個十分強大的帝國，叫羅馬。那裡的人多是黃頭髮，藍眼睛，高鼻粱，說的話和我們也不一樣……」

孫策目不轉睛的盯著畫，聽著高飛的說解。

以前，他以為天下就只有大漢那麼大，直到今天他才知道，原來自己以前認為的天下，不過是冰山一角，在他心中所謂的天下的外面，還有更大的天下。

他是一個充滿雄心壯志的人，當他看到這幅地圖時，徹底的被吸引住了，高飛所畫出的這個天下，實在是……太大了。

高飛注意到孫策的表情，大致說了一下西方之後，語鋒急轉直下，將眼光看回東方，手指來到大陸東南邊一個孤懸海外的小島，對孫策說道：「賢侄，你看這裡……」

「那是什麼地方？」孫策問道。

「這裡是夷州，是我華夏國的土地，我準備將夷州讓給你，這座小島可是座寶島，上面有數之不盡的財富。前年，我華夏國的水軍跨海收穫了海外的諸多島嶼，這座寶島就是其中之一，這個寶島有一個州那麼大。現在，我把這個島交給你管理，你覺得怎麼樣？」

孫策對高飛的話將信將疑，因為他從來不知道在和吳國相距那麼近的地方，居然還有一座小島，更神奇的是，華夏國竟然已經將其收為囊中之物。

這個島，應該是他吳國的才對。如果華夏國在這個島上建立了軍事要塞、水軍大營的話，那對吳國無疑是一個巨大的威脅，因為他們可以毫不客氣地從這裡進攻吳國的海岸線。

「你說的都是真的？為什麼我不知道還有一個這樣的地方？」

「呵呵，這就是我和你們的不同之處，我的腦子裡，多的是你們難以想像的東西。因為我是紫微帝星轉世嘛，在天上天天俯瞰大地，哪裡有什麼，我自然一清二楚，不然也不會繪製出這樣的一幅地圖來，你說呢？」

孫策信了，因為高飛是紫微帝星轉世的流言早就傳得沸沸揚揚，後來他果然當了皇帝，更加的證實了這個說法。

高飛忽而又指向交州下面的一座小島，說道：「你再看這裡，這裡和夷州差不多，也是座寶島，被我命名為朱崖州，我準備也一起讓給你。」

「你會那麼好心？」

孫策冷笑一聲，但是眼神中露出了貪婪之色，如果這兩座島真的如高飛說的那樣，已經被華夏國占領了，那對吳國的威脅實在太大了。

「呵呵，當然，我是有目的的，你昨天不是提出來要和我用江夏換荊南三郡嗎？我用這兩座小島來和你換取江夏，你認為如何？」

孫策皺起了眉頭，暗想道：「相比荊南三郡，這兩座小島對吳國更能造成威脅，如果高飛和我撕破臉，派遣人從這兩座小島上進攻陸地，我後方兵力空虛，那豈不是很容早就被他們給占領了嗎？」

一想到這裡，孫策便道：「除了這兩個島嶼，我還要再加上零陵郡、桂陽郡。」

高飛想都沒想便道：「君子一言駟馬難追，何況你又是皇帝，更是一言九鼎，這件事就這樣定下了，咱們現在就簽合約，從此以後，江夏歸我華夏國，桂陽、零陵歸你吳國，夷州和朱崖州也歸你吳國，賢侄，你賺到了。」

說著，高飛便將已經寫好的文書拿了出來，對孫策道：「賢侄，這是合約，你看看，如果沒有什麼意見的話，就按印吧！」

孫策見高飛早有準備，不知道為什麼有一種被欺騙的感覺。可是，皇帝說話向來是一言九鼎的，即使心有不甘，也只能忍氣吞聲，有氣朝肚子裡嚥了。

他接過合約，仔細地流覽過，並未發現有什麼異常之處，便咬破手指，在合約上按了指印，然後將合約遞給高飛。

高飛伸出手指準備咬破的時候，忽然發現劉備的人頭還在地上，而且還是血淋淋的，現成的有血，何必非要咬破自己的手呢，當即蹲下身，蘸了些血跡，便在合約上按了指印。

孫策看到這一幕，突然覺得高飛這個人太精明了，連血都不願意出。

他指著地圖上和朝鮮半島臨近的地方，看到那裡有一大片狹長的島嶼，問道：「那是什麼地方？」

「哦，倭國。嘿嘿，賢侄，這裡可不能給你，這已經是我華夏國的屬地了，這幅地圖上都有標示，許多地方都是你想不到的，你可以去試試穿越太平洋，然後抵達彼岸，那裡有一片神奇的大陸，遠比大漢還要大，而且遍地都是黃金。」

「說的那麼好，你怎麼不去？」孫策反問道。

「我還要對付曹操呢，沒空去，等我消滅了曹操再去！到時候你要是沒去的話，我就可要去了，黃金的國度哦……」

高飛故意地將最後幾個字說得很重，他看到孫策的眼裡閃過一絲貪婪的光芒，便笑了起來。

談判已定，高飛和孫策做出了合理的談判，當然，其實並不公平，因為高飛誆騙了孫策，夷州、朱崖州壓根就沒有派華夏國的水軍去過。不過，等到孫策發現自己上當受騙，也是以後的事情，到時也只能自己生悶氣罷了。

用桂陽、零陵兩個並不富饒的郡換取江夏這個寶地，看似公平，實則並不公平。按照周瑜的思路，江夏這塊寶地，足可以換取荊南四郡，可是孫策被高飛這麼一忽悠，還在荊南留下了一個郡，武陵郡。

荊州問題確定後，高飛便留下甘寧全權負責交換事宜，讓諸葛亮、沙摩柯撤離桂陽、零陵所有的百姓，以冬季難行、年關將至為由，將換地之事推到了明年三月。

與此同時，高飛迅速地返回洛陽，因為西北戰事，他要密切關注。

孫策回到長沙城後，周瑜知道交換條件後，登時是又生氣又鬱悶，但是事已至此，也無可奈何啦。

臘月二十六。

高飛回到襄陽，孫策也讓人將劉備的屍身送到了襄陽，高飛命人將劉備的人頭及身體接好，然後以國喪之禮對劉備進行了厚葬，葬在襄陽城外，並且昭告天下，為劉備發喪。

國喪當天，高飛親自帶著文武大臣，以及原來荊漢的降兵降將，一起去劉備的陵墓前。

荀攸來到高飛的身邊，說道：「皇上這條計策真是妙啊，吳國以為把劉備的屍身和人頭送來，就能讓天下人以為是皇上下令殺了劉備。雖然關羽、張飛和劉備鬧翻了，但怎麼說也是兄弟一場，如果知道是皇上殺了劉備，自然不會來投效，可是如今皇上為劉備發喪，這一舉措就足以讓皇上收買所有荊漢的降臣以及百姓的心，臣實在是佩服得五體投地。」

高飛笑了，但同時心中也有一點悲涼，**漢末群雄紛爭，現在一個一個的接踵而去，死了那麼多的人，那麼的多英雄被他殺掉，他的手上已經沾滿了鮮血。**

最讓他抱憾的是，**至今關羽、張飛下落不明**，不知道聽到劉備死亡的消息後，會不會出現在襄陽。

「公達，我今日便回洛陽，荊州的事，全權委託給你，我封你安南公，所有的事情你一人做主，無需上報。同時，張遼、黃忠、張郃、陳到、文聘、甘寧、諸葛亮等人也歸你指揮，荊州的問題一定要解決好，明年開春之後，與吳國進行交接，將兩郡的百姓盡數遷徙到武陵去。」

「臣遵旨！」

臘月二十八，涼州，武威郡，武威城。

一連下了十幾天的大雪，整個西北像是被大雪覆蓋住了一樣，城外大雪足有半人之深，是歷年來涼州下的最大的一場雪。

在這樣的天氣裡，魏軍的士兵紛紛鑽進房裡去取暖了，出來站崗的少之又少，最多隔一段時間出來看一眼。再說，這樣的天氣裡，除非是傻子才願意出來。

「凍死我了！」武威城的城樓上，一個士兵推開城樓上角樓的門，一進門便大聲喊道。

跟隨這個士兵一起進來的，還有一股強烈的冷風，冷風入門，吹得角樓裡的篝火呼呼直響。

「狗日的！快關門！火都要滅了！」一個屯長不耐煩地叫著，拿起地上的木棒便朝那士兵扔了過去。

士兵急忙關上門，來到篝火邊，蹲在那裡烤火，這才讓身體有了些暖意，對剛才那個叫嚷的屯長說道：「外面沒人，我不明白，這種天氣還有什麼好看的，讓我們在這裡受冷，狗日的太守實在不是個東西！」

經過這士兵一罵，其餘的士兵也開始罵了起來，將太守罵得狗血噴頭。

緊接著，大家在一起胡侃亂吹，一屯一百個人擠在一起，有說有笑的。

忽然，門被人一腳踹開，從門外進來一個身上裹滿了雪花的人，那人面色鐵青，手中提著一柄鋼刀，掃視了一眼裡面的人，將手一招，便朝裡面衝了過去。

裡面的人都被冷風吹得瑟瑟發抖，篝火也被吹得亂飛，弄得眼睛都睜不開了，那屯長不禁大罵道：「狗日的，關門！」

屯長的話剛一落下，便見一群人從外面衝了進來，全部跟雪人差不多，凍得通紅的手裡拎著把寒光閃閃的刀，快步走到這群魏軍士兵的身邊，舉刀便砍。

只一瞬間，百餘名魏兵便被砍死了，帶頭進來的人脫去了身上的皮毛大衣，露出身上穿著的華夏國西北野戰軍的軍裝，**正是魏延**！

他衝著門外便喊道：「打開城門，放大軍入城！」

第六章

狡兔三窟

曹休被綁在太守府的柱子上，心中還在惦記著自己的妻子，人都說狡兔三窟，曹休就是一隻狡猾的兔子，因為知道華夏軍西北野戰軍人數眾多，所以一上任武威太守，便預留了一個逃跑的路線，就是為了以防萬一。

武威城中。

太守府內，武威太守曹休正沉浸在即將過年的喜悅當中，吩咐士兵將整個太守府布置得紅紅火火的，院內沒有積雪，算是整個武威城裡最為乾淨的地方。

「把那個燈籠掛上去，對，就是左邊那個，還有那邊那個……哎哎哎……那個誰，讓你掛匾呢，你看你掛到什麼地方去了……那個，你去後院一趟……」

曹休行走在太守府裡的每一個角落，親自巡視著，希望能把這個年過得完美之至。

蜀漢滅亡的消息傳到涼州，曹休自然開心，這一年，是他最為高興的一年，前不久剛剛娶了一個美嬌妻，加上又要過年了，怎麼著也要讓自己的老婆享受一下過年的樂趣吧。

曹休指指點點的，手下的人也都幹得熱火朝天，因為有賞錢拿，所以幹起事情來自然就賣力了許多。

「轟隆！」

突然，太守府外面傳來一聲巨大的響聲，曹休站著的地面都產生了劇烈的搖晃，給他的第一個錯覺就是，地陷了。

「外面發生了什麼事？」

曹休心中一驚，這種節骨眼上，要是地陷了，簡直是不想讓他過上一個好年啊。

就在眾人都在迷茫的時候，忽然從外面闖進來一個人，那人滿身是血，眼睛裡滿是驚恐，一進院子，便大聲喊道：「華夏軍……我們被華夏軍包圍了……」

不等他喊完，魏延帶著一隊重裝步兵便衝了進來，一刀便將那個人的腦袋給砍掉了，犀利的目光掃視了一眼院落內的眾人。

當看見曹休的時候，眼裡冒出一絲精光，將手中冰冷還帶著血珠子的鋼刀向前一揮，大聲喊道：「大將軍有令，斬殺曹休者，賞金幣百枚，加官三級……」

魏延一邊喊著，一邊向前衝，手起一刀便砍翻一個太守府內的僕人，朝著曹休直奔而去。

其餘士兵緊隨其後，一經衝了進來，立刻四處散開，控制整個太守府的角落，妄圖封鎖所有出口。

曹休吃了一驚，不等魏延跑到，立刻逃入後院，見自己的妻子從屋內出來，大聲吼道：「進去！」

此時，不少華夏軍士兵翻牆而進，還有一些士兵從後門衝了進來，整個太守府內黑壓壓的一片人，徹底地將太守府給包圍了起來。

曹休拉著妻子進了房間，取出自己的兵刃，披上盔甲，關上房門，走到床邊，掀開床下面的一塊木板，露出一個暗格，對自己的妻子說道：

「沿著這條密道一直向前走，可以通到城外的一片密林裡，在密道裡有我留下的些許虎衛軍將士，他們可以保護你離開此地。離開後，直奔漢陽郡，將此事稟告給刺史大人，請刺史大人做好防禦準備。」

曹休的妻子還想說些什麼，曹休一把抱住自己的妻子，在她的小嘴上狠狠地親了一下，說道：「放心，我不會有事的，我對他們還有用，不用擔心我！」

曹休的妻子不依，非要拉著曹休和她一起走，曹休和她一番生離死別後，怒道：「此事關乎涼州存亡，切勿再耽擱，我會和你再見面的。」

說完，便強行讓妻子離開，自己將暗格重新關好，剛轉過身子，魏延便帶著人破門而入。

曹休見魏延虎視眈眈的，急中生智，將兵器丟在地上，雙膝下跪，朝魏延叩頭道：「魏將軍，請饒我一命，我願意歸降華夏軍。」

魏延吃了一驚，但也不敢相信，對手下人喝令道：「綁了，押到大將軍面前發落！」

於是，士兵將曹休給五花大綁一番，押著來到太守府的前廳。

此時，華夏軍已經完全控制住形勢，城門被打開的那一瞬間，三萬大軍便迅速地衝進城裡。城中的魏軍將士都在軍營裡待著，街道上也空無一人，百姓更不會出來，所以三萬大軍兵不血刃，直接將軍營包圍了起來。

魏軍將士皆心驚膽戰，被迫悉數投降。華夏軍又陸續占領了武庫、糧倉等重要地方，這才來圍攻太守府。

太守府的大門本來是緊鎖的，但是被華夏軍用炸藥炸開了，士兵隨著魏延一股腦地衝了進來，太守府的人本來就沒有防備，很快便被穿戴整齊的華夏軍士兵給控制住，俘虜了不少人。

太守府的前廳裡，魏延發號施令，命人將所有俘虜全部押解起來，只將曹休往太守府的柱子上一綁，便不再過問了，留下士兵看守太守府，他則去城外迎接太史慈等人入城。

魏延所統三萬大軍，是西北野戰軍的前鋒，餘下的十七萬大軍雖然已經集合完畢，但是都散在城外，以防止有人逃走，畢竟這次突襲是秘密行動，一旦讓魏軍走漏了消息，只怕涼州就不會輕易拿下。

曹休被綁在太守府的柱子上，心中還在惦記著自己的妻子，也不知道這個時候她到底跑掉了沒有。

人都說狡兔三窟，曹休就是一隻狡猾的兔子，因為知道華夏軍西北野戰軍人數眾多，而且軍事力量強悍，所以一上任武威太守，便預留了一個逃跑的路線，就是為了以防萬一。

等了差不多有半個時辰，曹休看見太史慈、馬超、魏延、龐德、褚燕等人一起走了進來。

當他無意間掃視到眾人的縫隙中還跟著一個女人時，登時傻眼，這正是他的妻子，怎麼也會被抓來了？

太史慈滿面春風，看到曹休被捆綁得嚴嚴實實的，便揚起手中的馬鞭，指著曹休說道：「曹文烈狡兔三窟，可惜沒想到被我華夏軍逮個正著吧？」

曹休臉上一陣羞愧，見妻子朝自己跑了過來，華夏軍的人也沒有為難他們，急忙問道：「你怎麼會被抓了呢？」

「妾身按照夫君指示出城，誰曾想到，城外遍地都是華夏軍，妾身等人剛從秘洞出來，便被華夏軍的士兵給堵住了，無奈之下，只能投降啦。」

曹休的妻子說這句話的時候，也有一些哀怨，似乎在說，早知道會這樣，還不如和夫君一起留下來。

太史慈似乎沒有為難曹休的意思，走到曹休面前問道：「曹將軍，聽說你要投降？」

「是的，我要投降。」曹休道。

「既然如此，那我代表我皇歡迎曹將軍的加入，這樣一來，我華夏國就又多了一個將才啊。來人，給曹將軍鬆綁。」太史慈笑著說道。

士兵給曹休鬆綁後，曹休滿臉羞愧，本來憑自己的實力，跟華夏國還有得打，可是哪裡會想到華夏國會在這種惡劣的天氣裡出兵，他也是一時大意。

他帶著一絲的迷茫問道：「太史將軍，這種惡劣的天氣裡出兵，你怎麼會想得出來呢？」

「哈哈，出其不意攻其無備，我想，大概就是這個意思。曹將軍，也不必懊惱，你並非是在正面戰場上輸給我們的，這一次我姑且隱而不發，向朝廷奏報的時候，就說你是獻城而降，如何？」太史慈拍了拍曹休的肩膀，笑著說道。

曹休不懂太史慈這樣做的意思，可是他能感受到，太史慈對自己沒有惡意，彷彿知道他會投降一樣。不過他知道，自己只是暫時委曲求全，一旦有機會，肯定會跑回魏國的。

「多謝大將軍，曹休從此以後願效犬馬之勞。大將軍，如果現在分兵攻取涼州各郡的話，只怕也會如同這裡一樣，兵不血刃的就拿下了，那麼，這樣一來，涼州就被我們華夏國所有了。末將不才，願意做大將軍帳前先鋒，替大將軍掃平涼州各郡！」

太史慈道：「曹將軍，這天寒地凍的，又快過年了，我的士兵可都在外面凍著呢，怎麼說也要過完年再行動吧。曹將軍放心，你這種立功的心情我能理解，一切等年後再說，我們打算在這裡過年，曹將軍沒意見吧？」

「沒……我沒意見。」曹休遲疑地說道。

隨後，太史慈吩咐大軍入城。

武威城是涼州第一大城，因為涼州經常受到外族侵擾，所以武威城的百姓相對稀少，大多都遷徙到關中去了；而且武威城年年修繕，隔幾年就會在外圍加上一堵城牆，是以武威城總共有三道城牆，十二道城門，是地處東西交匯的一個融合點，城內多是商販走卒。

東漢章帝時，武威城曾經盛極一時，成為絲綢之路上的一個重要貿易據點，所以容納十萬大軍相對輕鬆。其餘十萬，太史慈讓其駐紮在城外，搭建起軍營。

奪下武威城後，華夏軍便在此地進行休整，準備為奪取整個涼州做準備。

與此同時，潼關城內，右車騎將軍徐晃正式將郭嘉迎入城內。

郭嘉申明來意之後，徐晃猛地一拍大腿，大叫道：「太好了，日盼夜盼，終於盼到這一場大戰了。我這就去召集兵馬，太尉大人請稍歇。」

郭嘉看到徐晃興奮的樣子，便說道：「徐將軍鬥志昂揚，此戰必然能夠大獲全勝。」

潼關的議事大廳裡。

徐晃將上首位置讓給了郭嘉，畢竟郭嘉的品級是正一品，又是當朝的樞密院太尉，還是皇帝這次親自指派的人。

大廳內，關東軍的所有將領一一到齊，周倉、廖化、高森（作者按：即高林，為規避高飛兒子高麟，音與其相同，特改姓名為高森，此乃古代的一種避諱。）分別坐在大廳裡，靜候著郭嘉的發話。

關東軍是高飛欽賜徐晃所部的番號，在華夏國，逐漸開始實行軍隊番號制度，每一個番號，都是一支獨立的軍隊，直接受到皇帝的遙控指揮，樞密院只起到參謀的作用。

每個軍隊裡，都會設立參謀本部，在出征前，不再按照領軍之人的個人意志來進行，大大地減少了出錯的機率。

郭嘉掃視了一眼眾人，說道：「皇上已經降下聖旨，趁著魏國大軍多數停留在蜀地，命令西北野戰軍正式出擊涼州，與此同時，也讓關東軍予以配合，向秦州發動猛攻，力求速戰速決，徹底拿下秦、涼二州，將魏軍堵在蜀地！為此，我特來相助，一切軍事皆由徐將軍全權負責，我從旁襄助。」

說到這裡，郭嘉主動走了下來，來到徐晃的面前，打了一個請的手勢，對徐晃說道：「徐將軍，這裡的地形你最熟悉了，我只從旁協助即可，衝鋒陷陣，還是你們在行。」

徐晃也不客氣，當仁不讓，站起身子，即刻下令道：「今日點齊大軍，半夜出征，讓士兵們都做好準備。」

「諾！」

高森、廖化、周倉盡數退出，徐晃便對郭嘉道：「曹仁在華陰鑄造了一座雄關，一點都不亞於潼關，甚至將以前的那種山中小徑也一起封死，如果要想通過華陰雄關，還需要太尉大人從中幫忙。」

「好說，只是不知道徐將軍需要我如何幫襯？」郭嘉問道。

徐晃當即攤開地圖，在地圖上指指點點地說道：「太尉大人是匈奴人的女婿，此次出征，還希望太尉大人向匈奴借兵，只需佯攻即可，讓他們從河東府渡過黃河，走臨晉，直插魏軍背後。曹仁必然會調兵前去援助，此時我軍再進攻華陰，必然能夠輕鬆許多，只要匈奴兵能拖住兩日魏軍，我軍便可以一鼓作氣，將其拿下。」

郭嘉笑道：「徐將軍放心，在這個時候，匈奴兵只怕已經上路了，今夜就會有消息傳來。」

徐晃吃了一驚，問道：「太尉大人早就算好了嗎？」

郭嘉點點頭道：「不過，曹仁不可小覷，此人乃是魏國第一將才，論功業，高過夏侯惇，論名望，高過夏侯淵，乃是曹氏帳下第一將，兼有華陰雄關，得小心應付。所以，徐將軍，這次戰爭，儘管將炸藥用上，只要炸開華陰的關門，我軍便可以乘勢殺入，將曹仁擊退。」

「嗯，炸藥早已準備妥當，太尉大人不必多慮。我已和參謀本部商議好了，命令已經下達，今夜子時，縱使抓不到曹仁，也讓曹仁聞風喪膽。」徐晃斬釘截鐵地說道。

傍晚的時候，果然有一匈奴兵來到潼關，說已經攻克臨晉城，可是，卻沒有見到魏國的援軍。

郭嘉早在趕赴潼關的時候，就派人去給匈奴單于呼廚泉送信，央求借兵兩萬，攻擊魏國臨晉城，戰後所有物資全部歸匈奴所有。

臘月二十六那天，呼廚泉親自出征，帶兵兩萬先行從風陵渡渡過黃河，登岸後馬不停蹄的便去攻打臨晉城，並且成功將其占領，大肆搶掠一番，靜候魏國援軍到來，準備以逸待勞，可是等了將近一天，仍不見魏軍來，這才派人去通報郭嘉。

郭嘉接到匈奴方面的戰報，不禁覺得有些可疑，對徐晃說道：「曹仁不中計，臨晉方向沒有援軍到來，看來我們這一仗只能和曹仁硬拼了。」

徐晃自信地說道：「太尉大人放心，今夜關東軍必然會首戰告捷。」

魏國，秦州，華陰。

曹仁帶著一隊親兵，頂著風雪，巡查著整個關隘，士兵們傲然站立在風雪當中，一動不動，猶如一尊石像。

關隘中的士兵都是曹仁親自帶的，五年之前，還是一支鬆散的軍隊，但是五年後，卻是魏國第一鐵軍。而曹仁也是出了名的嚴將，一改往日氣息，整天都是一副冷冰冰的樣子，讓人一看就有一種不怒而威的感覺。

巡視完畢後，曹仁回到官衙，正在吃飯時，從外面來了一個小將，曹仁見到小將，放下手中碗筷，急忙問道：「怎麼樣？臨晉城情況如何？」

那小將體格健碩，鼻梁高挺，看上去頗有幾分威武，聽到曹仁的問話，答道：「果然如同將軍所料，匈奴兵占領臨晉之後，並不向前，只在城中胡亂搶劫一番，現在雖然仍駐紮在城中沒有離去，但是以屬下猜測，如果明日還看不見我軍，只怕就會自行歸去。」

曹仁臉上露出微笑，說道：「越是這個時候，越要加倍小心，如今陛下南征蜀漢的事早已傳開了，為了防止華夏國乘虛而入，我們也只能辛苦一點了。此次匈奴兵來得如此匆忙，必然有人在背後指使，那個人，很有可能就是郭嘉。此人智謀過人，不可小覷。楊阜，你即刻傳令下去，命守關士兵加強夜間巡邏，分四個時段交班。這裡是魏國的門戶，一旦有閃失，只怕秦州不保。」

「諾！」

那小將叫楊阜，字義山，是這幾年涼州的佼佼者，被曹仁發現，便提拔為破賊校尉，在帳下聽用。

除了楊阜之外，魏國新近也提拔了不少年輕將領，彌補了國中將才的缺失，但是也不過是作為部將任命，並不單獨帶兵，一般帶兵的將軍，還是曹操的舊部。當然，張繡、索緒兩個人除外。

曹仁的命令傳達下去之後，全城進入了緊張的備戰狀態，所有士兵盡皆枕戈待旦。

這幾年，曹仁帶兵的嚴格程度讓人咋舌，軍隊施行連坐制度，如果衝鋒打仗，一人不戰自退，則那個人所在的一屯人都要遭受到嚴厲的懲罰，重則當場斬殺，輕則杖責一百。

在行軍布陣上也是如此，鐵的紀律，鐵的意志，讓這支軍隊成為魏國第一支鐵軍的稱號。

入夜後，徐晃、周倉、廖化、高森、郭嘉等人盡數領兵而出，關東軍三萬大軍迤邐而進，周倉作為先鋒，一馬當先，帶著三千勁旅當先開道，負責清掃沿途道路上的積雪。

在這樣的一個風雪夜，行軍是相當困難的，關東軍的騎兵出動的相對較少，三萬大軍裡面，不過才兩千騎兵，原因是山路難行。

潼關距離華陰不過五六十里，關東軍卯足了勁，誓要打勝這場仗，所以都不覺得累，強行軍也不至於讓人感到寒冷，相反卻讓人體內溫暖。

子時的時候，關東軍經過一路的長途跋涉，前部終於抵達華陰城下。

嚴格意義的說，華陰現在是一座雄關，城牆連接南北山嶺，當道而建，城牆建立的也相對高，足有六丈，為的就是怕人借用雲梯爬上城牆。如此一來，要想攻克此處，還真得要用特製的雲梯才行。

不過，徐晃這次來，什麼攻城武器都沒有帶，只帶了一樣東西，那就是炸藥，每個士兵攜帶一包，足夠將整個華陰城夷為平地的。

「關上燈火通明，士兵往來巡視，曹仁果然有所防範啊。」

郭嘉拿著望遠鏡，看到華陰的城牆上士兵都戒備森嚴，巡邏的隊伍也十分密集，不禁感嘆道。

徐晃聽後，笑道：「太尉大人，你且看我們關東軍的本領。」

話音一落，徐晃將手向前一招，高森手下的二百士兵鑽進了前面堵塞道路的雪窩裡，在雪窩裡匍匐前進，緩慢地在雪地裡蠕動著，絲毫沒有引起關上士兵的注意。

郭嘉看後，笑道：「徐將軍，真有你的，竟然用這雪當做掩護，只怕這會兒曹仁還在睡覺，一會兒攻入關內之時，他還不知道是怎麼回事呢！」

正說話間，城牆上便露出了一員大將的身影，那人一臉厚厚的裝甲，頭戴鋼盔，正是曹仁。

郭嘉、徐晃看到曹仁後，都面面相覷，沒想到這個時候曹仁居然還沒有睡下。

忽然，曹仁扭頭向關下望了望，嘴角露出一抹似有似無的微笑，任何人都沒察覺到。之後，曹仁巡視了一圈，便下了城牆。

在雪中匍匐前進的人這才又繼續向前蠕動，當抵達城門時，便立刻將手中的炸藥包放在城門口，然後堆積起來，正準備點燃的時候，忽然城門洞然打開，曹仁一馬當先，提著一口大刀帶著士兵便衝殺了出來。

二百華夏軍士兵措手不及，還沒有抽出武器，便被曹仁等人盡皆斬殺於城門之外。徐晃、郭嘉等人也只能眼睜睜地看著他們被殺，卻無法救援。

鮮血染紅了雪地，曹仁讓士兵將二百華夏軍士兵的屍體連同攜帶的炸藥包全部帶回城內，他則望向外面的黑暗之處，大聲叫道：

「你們還有什麼招數，儘管使出來吧，我曹仁願意一一領教！」

曹仁轉身進城，城門緊閉，此時城樓上魏軍盡皆嚴陣以待，弓弩手紛紛立在風雪當中，瞅著城牆下面，一旦發生什麼變故，便會立刻開弓射箭。

郭嘉、徐晃等人都是一陣驚奇，沒想到自己今夜來偷襲一事會被曹仁算定。

「失策啊失策……」郭嘉看到二百軍士就這樣沒了，氣得捶胸頓足。

「太尉大人不必如此，曹仁並非浪得虛名，我一定會為死去的將士報仇的。既然無法偷襲，就只能強攻了。」

徐晃目光中也是充滿了怒火，華陰的關牆雖然高大，可是不管怎麼樣，也無法抵擋住他們這次的強攻，那麼多的炸藥，今天非要將整個華陰夷為平地不可！

這些士兵都是徐晃一手帶出來的，和徐晃朝夕相處，算是情同手足，眼睜睜地看著他們戰死，心裡自然不好受。

「徐將軍，強攻的話，會不會傷亡太大了？」郭嘉擔心地說道。

「如果不強攻，如何拿下這座雄關？太尉大人，這裡就交給我全權指揮。來人，送太尉大人到後面休息！」

徐晃的臉上露出猙獰之色，看來是下定決心和曹仁耗上了。

郭嘉也不再說話了，他能深刻地體會到徐晃的心情，此次出征，三萬大軍迤邐而來，若是因為他的計策沒有奏效便退兵的話，那就等於白折騰了一場。

他見兩名親兵走了過來，這才對徐晃道：「徐將軍莫非是看不起我？」

「太尉大人何出此言？」

「那為什麼徐將軍要讓我到後軍去？我留在這裡，是不是妨礙徐將軍了？」

「太尉大人，我是擔心你的安全，一旦開戰，箭矢可是不長眼睛的，我怕……」

不等徐晃把話說完，郭嘉便拔出了腰中佩劍，將佩劍插在地上，氣憤地說道：「我雖然不是一員戰將，武力不能和將士們相比，但是體內留著的可是滾燙的熱血！我華夏國的男兒，沒有貪生怕死之輩，當年若我一味顧及個人生死，就不會去呂布身邊當臥底了！我連呂布都不怕，曹仁何足懼也？」

郭嘉這番慷慨的陳詞讓徐晃刮目相看，雖然郭嘉看似瘦弱，卻是鐵骨錚錚的男子漢。

同時，這番說辭，也激勵了身邊的將士們，一時間，將士們都精神抖擻，見郭嘉身為太尉，一個文士還不願意從前線撤退，仍舊要站在這裡親冒矢石，身為關東軍的他們又怎麼能輕易退縮呢！

徐晃看到眾人朝氣蓬勃，湧現著一股同仇敵愾的氣氛，便不再讓人送郭嘉到後軍了，扭頭對士兵喊道：「將周將軍、廖將軍、高將軍全部叫來。」

不一會兒，周倉、廖化、高森來到徐晃和郭嘉的面前。

徐晃當即說道：「剛才的那一幕你們也看見了，我決定強攻華陰關，將華陰夷為平地，讓曹仁知道我軍的厲害，同時也給魏軍一個下馬威。」

周倉、廖化、高森聞言，齊聲道：「我等皆聽從將軍吩咐！」

「好！此地距離華陰城足有六百步，魏軍弓箭射程最遠不過才兩百步，但為了以防萬一，我軍只向前推進三百五十步，然後以盾牌兵向前衝鋒，每人攜帶一個炸藥包，全部聚集在城牆的下面，將炸藥包統一放好後回來，在回來的路上灑上火藥，最後點燃，我就不信，華陰的城牆再堅固，能夠堅固過炸藥。」徐晃憤然說道。

「我等明白！」

話音一落，周倉、廖化、高森各歸各部，周倉作為先鋒大將，首當其衝，親自選拔五百名盾牌兵，每人攜帶一包炸藥，排成一排，先行向前清掃沿途積雪，將厚厚的積雪全部掃到道路兩邊。

華陰城裡。

曹仁還在城門邊待著，對於剛才繳獲的炸藥包很是好奇，他用佩劍斬開一個炸藥包，露出了一地的黑色粉末，夾帶著一股刺鼻的味道。

曹仁掩住鼻子，問道：「這是什麼東西？華夏軍帶這些玩意幹什麼？」

周圍的士兵也是疑惑不解，他們從未見過這些東西，更別說知道有什麼作用了，看著那不大不小的一個包裹被包紮得整整齊齊的，都是一頭霧水。

曹仁扭過頭問道：「還有活口嗎？」

聲音一落，便有兩個士兵拖著一個半死不活的華夏軍士兵來到曹仁面前，說道：「啟稟將軍，只剩下這一個，不過也快不行了。」

地上躺著的那個人胳膊被砍斷，鮮血流了一地，染紅了城門的門洞，地上還有他被拖過來時留下的一道長長的血痕。

曹仁用腳踢了一下那個士兵，喝問道：「說，你們準備用這些黑色的東西來做什麼用？只要你告訴我，我就讓人給你治傷，可以保你不死，還給你加官進爵，讓你在魏國有享之不盡的榮華富貴。你當兵，不就是為了這些嗎？」

那個士兵訕笑了一下，指著被堆積在一處的炸藥包，說道：「這是……我們用來照明的工具，夜色太黑，不能辨認，只要用火把將其點燃，便會發出響聲，然後就會瞬間將周圍照亮……咳咳咳……不信，你試試……」

曹仁疑惑地道：「華夏軍還有這樣的好東西？你沒有說謊吧？」

「我都要死的人了，還騙你做什麼？再說，我也不想死……」士兵說著便開始不停地咳嗽，吐出了些許鮮血。

曹仁扭頭對士兵喊道：「拿火把來，點燃一個試試！」

一個拿著火把的士兵，來到曹仁面前，說道：「將軍，點哪個？」

「就點……」

曹仁掃視了一圈，指著被他拆開的那個炸藥包說道：「就點這個！」

「是，將軍。」

這時，曹仁又看了一眼那個華夏軍的士兵，忽然發現那個士兵的表情有著一絲的不對，驚恐中夾雜著興奮，興奮中又夾雜著一絲沉重。

他見這士兵盯著那個火把，忽然意識到了什麼，急忙喝止道：「等等……」

可是，就在曹仁的喊出的那一剎那，躺在地上半死不活的華夏軍士兵突然衝了過去，直接撞上那個魏軍士兵，火把被撞飛，落在那堆炸藥包上，隨後嗤嗤的聲音便響了起來。

那個華夏軍的士兵躺在炸藥包上，哈哈地大笑起來，眼神中露出極大的殺機，面部表情猙獰不堪。

「華夏神州大皇帝陛下萬歲！」在最後一刻，士兵喊出了這句。

「散開！」

這一幕讓曹仁感到了恐懼，華夏國的秘密武器太多，幾年前，那個叫天雷彈的玩意，能把人活生生的炸開，也許這東西就是天雷彈的集合體，曹仁一驚之下，拔腿便跑，同時大叫出來。

曹仁剛跑出門洞，其餘的士兵卻還沒反應過來，門洞的炸藥包便爆炸了。

「轟隆！」

一聲巨響從城門的門洞裡傳了出來，緊接著無數聲巨響在門洞響起，爆炸所產生的巨大衝擊波向四處擴散，圍繞在城門的士兵盡皆被炸得支離破碎。

就連跑出門洞的曹仁，也被巨大的衝擊波給炸飛，重重地摔在地上，兩個耳朵一陣嗡鳴聲。

就在爆炸聲傳開的同時，城牆上站立著的士兵都感到腳下四處晃動，像是發生了地震一樣，城門的門洞也被炸開了一個很大的洞，連城門都被炸得四分五裂。不過，由於炸藥不是貼著牆根放的，所以並未對城牆的牆根造成太大的影響。

爆炸聲一落，城外的華夏軍都是一驚，不知道城門裡到底發生了什麼事。

徐晃、郭嘉等人看到城門被炸開，興奮不已，急忙命令周倉等人加快清掃積雪，為大軍強攻華陰打開一條暢通的道路。

曹仁從地上緩緩爬了起來，看到城門被炸開，楊阜從一邊趕來，急急下令道：「快帶兵堵住城門，千萬不能讓華夏軍進城。」

楊阜道：「是，將軍。不過華夏軍並未展開進攻，只有少數人在城外清掃積雪。我是來請示將軍，一旦敵軍進入射程，是否將其射殺？」

曹仁看著楊阜不斷地張著嘴巴，可是耳朵裡除了嗡嗡聲外，什麼都聽不到，剛才的那聲巨響離他太近，使他耳朵聽力受損，叫道：「你在說什麼？我聽不到，你大聲點！」

楊阜只好貼著曹仁的耳邊，大聲地將剛才的話重複了一遍。

過了一會兒，曹仁的聽力逐漸恢復了正常，看到城門洞一片狼藉，到處都是濃稠的血液，斷裂的殘肢隨處可見，腸子、腦漿、鮮血滿地都是，簡直慘不忍睹。

沒想到在那麼一小包東西的面前，人的生命竟然是如此的脆弱！

曹仁登上城樓，眺望城外的華夏軍動向，發現周倉帶著人正在清掃著積雪，已經快要進入射程範圍之內了。

他搖搖頭，將剛才的不愉快統統甩掉，對身後的士兵喊道：「拿透甲錐來！」

士兵們「諾」了聲，沒多久，一隊隊抱著成捆的透甲錐的士兵登上了城樓，將透甲錐分給弓箭手。弓箭手換上透甲錐，拉開弓箭，個個都神采飛揚。

曹仁也拿了一張弓，將弓拉滿，然後用普通的箭矢向外射了一箭，箭矢飛出去後，落在了雪地上。

他目測了一下距離，大約在一百八十步左右，又射出第二箭，第二箭卻用力相對較小，射在了大約一百步左右。

他對周圍的弓箭手道：「都給我看清楚了，一百八十步外，用普通箭矢射，每人只准射三箭；一百步外，換透甲錐，絕對不能讓華夏軍靠近城牆一步！」

「諾！」城牆上一字排開兩千名弓箭手。

曹仁這時看到華夏軍開始浮動了，從遠處向前進，大約在兩百五十步外停下，呈現方形戰陣，放眼望去，人數極多。

他皺起眉頭，又下令調集來四千弓箭手，分別站在第二排，第三排，準備用弓箭阻止華夏軍的前進。

除此之外，曹仁還用重裝步兵堵在城門口，將武器庫內庫存的十萬支透甲錐全部取來，讓專人負責運送。

曹仁布置好一切後，周倉的前部也已經到來。

華陰城的城外，若從空中俯瞰，就是一個葫蘆形，東面的山道窄小，但是一出了山道，抵達華陰城前，便是一處極大的開闊地，可以並排站立兩千人。

當初曹仁修建關隘的時候，本想將城池向前推移一段距離。可是後來經過再三的深思，才考慮在原有城池的基礎上加固，原因是當時魏國沒錢，興建不起新的城池，而且建造一座新城，也需要耗費很大的人力物力。

不過，後來逐漸加固，使得華陰就像是橫在東西走向上的一座長城，幾年來從未有過什麼事情。

此時，周倉率領的部下正在向前推進，前進到一百八十步左右，城牆上便射下了箭矢。

周倉等人持著盾牌，像沒事人一樣，繼續向前推進，因為手中持著的是鋼製的盾牌，遮擋那些鐵製的箭矢自然不在話下。

魏軍進行了一番射擊後便停止了，周倉等人便更加大膽地向前推進。又過了一陣子，周倉等人來到離城牆還剩下一百步的距離。

這個時候，曹仁取出透甲錐，拉滿弓箭，衝著城牆下的周倉等人喊道：「再向前靠近一步，殺無赦！」

周倉等人不理，繼續埋頭幹活。

曹仁露出一絲陰笑，大聲喊道：「放箭！」

一聲令下，箭矢如同雨下，此時刮著西北風，天空中下著小雪，但是絲毫抵擋不住魏軍將士的箭雨。

一通箭矢放出，透甲錐立刻發揮出驚人的威力，在百步之內，穿透了華夏軍薄鋼做成的盾牌，在穿透盾牌的那一刻，箭矢的箭頭立刻透入持著盾牌的華夏軍士兵體內。

「哇……」

這一陣箭矢來得凌厲異常，華夏軍雖然有鋼鐵製成的盾牌，卻抵擋不住透甲錐的鋒芒。一波箭矢射完，周倉等人沒有一個不帶傷的，有的甚至被射中要害，當場死亡。

周倉等人不敢置信，一向以兵器鋒利、戰甲堅硬自居的華夏國，怎麼可能會被敵軍的箭矢傷到呢。

在盾牌的後面，華夏軍的士兵都穿著鋼甲，幾寸厚的鋼板完全可以護住前胸和後背。可是這一次，鋼板被完全射穿，這對華夏軍來說，是十分不可思議的一件事，敵軍竟然擁有如此鋒利的箭矢，能不讓他們吃驚嗎？

周倉也受傷了，箭矢射穿他的盾牌，穿透他的鋼甲，也許是射箭之人臂力不行，箭頭雖然透過鋼甲，卻成為強弩之末，被嵌在鋼甲裡面，只擦傷了周倉的肚皮而已。

他將箭矢拔出來，拿在手中看了看，見箭矢呈現菱形，箭頭鋒利無比，在黑衣裡顯得森寒無比，他用手去摸了一下，想試試究竟有多鋒利，誰知道剛碰到箭頭，手指便被劃傷了。

這時，第二波箭雨從天而降，華夏軍士兵習以為常的舉著盾牌遮擋，但是這一次，他們則將身體側開，以免再受到箭矢的傷害。

「嗖嗖嗖……」

無數聲箭矢破空的聲音從高處傳來，然後犀利的穿進華夏軍士兵的盾牌裡。

「哇……」

一聲聲慘叫不斷傳來，周倉的胳膊被箭矢射中左胳膊的前臂，他沒有喊，也不敢輕易拔出，看到自己的部下在兩波箭矢下陣亡了一大半，立刻大叫道：「撤退！快撤退！」

剩餘的八百多名帶傷的士兵紛紛向後跑去，但是魏軍的箭矢還在不停射著，八百多人真正逃出來的，才不過兩百多人。

總算跑出射程，周倉等人像是累得虛脫一樣，紛紛仆倒在地上。周倉的腿上更是中了兩箭，是忍痛跑回來的，如果再慢一步，只怕小命都要沒了。他翻了個身子，看到前面零零星星陣亡的部下，心中很是悲愴。

這時，徐晃、郭嘉、廖化、高森都圍了過來，看到周倉等人盡皆受傷，而且傷勢嚴重，徐晃立刻叫道：「快叫軍醫來！」

周倉將手中緊握的一支羽箭交給徐晃，道：「徐將軍，魏軍有利器，我們都是被這種箭矢所傷……」

徐晃拿著那支箭矢，細細地看了一下，目光中滿是怒火，恨恨地說道：「曹仁，我徐公明誓要取你狗頭，祭奠被你射殺的將士！」

郭嘉皺起眉頭，看到那箭矢如此的鋒利，竟然能夠穿透鋼甲，實在感到匪夷所思。

他看了一眼城牆上的曹仁，見他們滿臉春風，便對徐晃道：

「徐將軍，看來曹仁早有準備。這幾年魏國也沒少發展，和羌人融合後，軍事實力大增，看來這箭矢是魏軍專門研製出來對付我們的。如此鋒利的東西，居然能夠射透我們的戰甲，我們的戰甲在敵人面前等於是一種擺設，絲毫起不到任何的作用，暫時停止衝鋒吧，容我想想辦法，看看怎麼樣以最少的傷亡攻克此關。」

徐晃見硬拼不行，只好點點頭，轉身去安撫受傷的士兵去了，讓廖化帶兵去將能帶回來的屍體給取回來。

華陰城的城牆上，曹仁心裡美滋滋的，緊緊地握著透甲錐，對部下喊道：

「華夏軍不過是仗著兵甲的優勢，現在我們有了對付華夏軍的武器，大家就不用擔心了，都給我拿出幹勁來，只要不讓華夏軍靠近城牆，我軍就會立於不敗之地！」

第七章

謀略天下

他沒有聽過天下有如此厲害的武藝，如果真的有能夠彈指間摧毀百萬之眾的功力，那也只有神仙了。

「我不信！你瞎說！天下根本沒有這麼厲害的武藝！」高麟用力的搖搖頭。

郭嘉道：「我沒說是武藝，我說的是謀略！」

華陰城外。

華夏國關東軍的主將徐晃正在摸索著透甲錐，見透甲錐呈現三稜狀，鋒利無比，即使在夜間，也透著一股森寒。

「取我的大弓來！」徐晃不信這個邪，讓人取來他的大弓，準備親自試驗一番這透甲錐的威力。

手下人將徐晃的大弓呈上，徐晃命人將一個盾牌以及一副鋼甲放在百步之外，插上火把，自己拉滿弓，搭上透甲錐。只聽一聲弦響，透甲錐飛馳而出，朝百步之外的盾牌和鋼甲射了過去。

這一箭，徐晃用盡了全力，他要看看這所謂的透甲錐，到底能有多大威力，竟然將他的將士打得如同喪家之犬一樣。

「嗖！」一箭射出，透甲錐直接飛向百步之外，一箭便射中盾牌和戰甲上，透甲錐鋒利的稜角穿透了薄鋼打造而成的盾牌，接著刺進了與盾牌相距大約十公分的鋼甲。

徐晃有百步穿楊之術，可是大家知道，徐晃不是在展示自己的箭術，而是在測試那透甲錐的威力。

不多時，在百步之外的士兵帶著盾牌和戰甲跑了過來，將東西交到徐晃的手中，徐晃看了以後，眉頭皺了起來，因為那支透甲錐完全穿過盾牌，穿透鋼甲的前置鋼板，箭頭還露出了幾寸。

「真沒想到，魏國的兵器竟然會鋒利到如此程度……」郭嘉看後，感嘆地說道。

「透甲錐雖然鋒利，但是全身都是精鋼打造而成，入手沉重，即使用弓來射，沒有一定臂力的弓手也無法使用，看來，曹仁練就了一支善於射箭的弓手。」

徐晃扭過頭，看了一眼華陰城上的弓手，在燈火的映照下，那些弓手各個精壯，每個人的眼裡都是充滿了殺機。

「再取一支透甲錐來，用雙層盾牌，和一副戰甲，依然放在百步之外，盾牌和盾牌之間留些許縫隙，以便增加箭矢的阻力。」徐晃吩咐道。

「諾！」

其後，徐晃用透甲錐，分別進行了不同程度的演示，當兩個盾牌架在一起，身後放著一副戰甲的時候，透甲錐雖然穿過了兩個盾牌，但是卻沒有完全射穿，箭身被嵌在兩個盾牌之間，只露出一截鋒利的箭頭。

為了更加精準，徐晃特意喚來軍中的一個神箭手，讓他代替自己射箭，站在二十步開外連射三箭。結果，三箭威力極大，箭矢均穿過了第一個盾牌，箭尾留在了第二個盾牌上，箭頭刺進鋼甲內，露出了鋒利的箭頭。

徐晃看後，嘴角上露出一抹微笑，緊鎖著的眉頭也緩緩地舒展開了。

郭嘉見狀，知道這是徐晃想到了什麼主意，便道：「徐將軍是不是有了應對之策？」

徐晃點點頭，信心滿滿地說道：「**曹仁有張良計，我有過牆梯**，此戰必勝！」

郭嘉看徐晃隱而不語，笑著對徐晃說道：「將軍妙計，必然能夠奪取華陰關。」

徐晃隨即吩咐手下士兵到兩邊的山裡去砍伐樹木，正好後軍一直沒事情做，站在這樣的冰天雪地裡又寒冷，找點活幹幹，也能暖和暖和身體。

徐晃一聲令下後，兩萬多的關東軍不再進攻，除了留守在前鋒的兩千士兵外，其餘人全部上山砍樹。

曹仁在華陰關上看得明白，見徐晃損兵折將之後，反而讓士兵砍樹，心中泛起了嘀咕：「難道徐晃想在此紮營，做長遠打算？」

想了一會兒，曹仁便下令道：「全軍戒備，一有動靜，立刻擂響戰鼓，吩咐後軍，開始生火做飯，軍隊輪番交替去用餐。」

於是，兩軍暫時停止了爭鬥，華夏軍在山道兩邊砍樹砍得不亦樂乎，曹仁則加緊修葺城門，用巨石堵在城門口，由於城門被炸得粉碎，短時間內根本不可能重新建造，只有用石頭來暫時做一下抵擋了。

平明時分，華夏軍將山道兩邊成片的樹木都砍伐掉了，將所有的樹木堆放在一起。

隨後，華夏軍將所有的樹木都削成一樣的長度，用繩索將盾牌綁在樹木上，前面一個盾牌，後面又綁一個盾牌，很快便組建成一個巨型戰盾。

徐晃這次出征，走得很急，後軍沒有帶鍋碗瓢盆之類的東西，只有乾糧。但是，這麼冷的天，大汗淋漓之後，一旦冷風一吹，很容易著涼。

於是，徐晃讓士兵取下頭盔，支起一堆堆的篝火，弄點乾淨的積雪放進頭盔裡面，再將頭盔放在篝火上，雪便融化成水了。

與此同時，徐晃下了大血本，讓人當場殺掉一千匹戰馬，然後將馬血放出，分給士兵們喝。馬血血熱，喝了自然能提高一些暖意，隨後又開始分割馬肉，將馬肉放在篝火上烤，就這樣，華夏軍的士兵苦中作樂，先喝馬血，再吃馬肉，然後喝著半開不熟的溫水。

美美地飽食一頓後，已經過了午時了，大家紛紛將頭盔埋在雪地裡，等到鋼盔的溫度降下來後，戴在頭上，還別說，一戴上去便感覺一陣暖意。

士兵們吃飽喝足之後，便開始整理隊形，將上午做好的巨型戰盾推到最前面，一個個巨型戰盾排列在一起，看上去像是一堵新建的牆壁。

此時雪停了，太陽用它微弱的光芒照射著大地，日頭漸漸偏西，陽光照射在戰盾上，折射出許多光芒。

此時，華夏軍則躲在戰盾的後面，緩緩地向前推進，徐晃、郭嘉騎馬登上一處被砍伐的光禿禿的高地上，看著士兵們向前衝。

這時，華陰關的城牆上擂響了戰鼓。城中的魏軍駐守了一夜，在天寒地凍中時刻注意著華夏軍的動向，但是到了後半夜，抵擋不住嚴寒，而且華夏軍也絲毫沒有攻城的意思，所以曹仁便下令士兵輪番休息，每個人睡兩個時辰。

此時，曹仁正在官衙內休息，突然聽到戰鼓擂響，立刻反射動作地從床榻上跳了起來。

他睡覺的時候沒有脫去戰甲，順手從床頭拿過自己的兵刃，取出頭盔，穿上戰靴，便向城門邊跑了過來。

等曹仁來到城門，登上城樓時，向下窺伺到華夏軍的動向，登時傻眼，華夏軍推動的明晃晃的東西，彷彿是一面面銅鏡，反射出城牆上的一切，加上陽光的反射，刺得他們眼睛都睜不開。

一些士兵也是剛從被窩裡爬出來，還沒睡醒呢，加上太陽光反射，使勁地揉眼睛，或者用手臂進行遮擋。

曹仁眼睛被刺得受不了，急忙問道：「這是什麼東西？」

楊阜答道：「將軍，是華夏軍用盾牌做成的大型巨盾，那反光的就是華夏軍的盾牌，看來他們是孤注一擲了，想出這樣的一個點子來！」

曹仁道：「透甲錐無堅不摧，任何戰甲都能射穿，區區這些盾牌，不過是雕蟲小技。傳令下去，全軍戒備，只要靠近百步之內，便用透甲錐給我猛射！」

「諾！」

曹仁說得一點都沒錯，魏軍所製作的透甲錐，確實是無堅不摧。

曹操降服西域各國後，從西域那裡帶回來一項製造兵甲的技術，為了製造高品質的兵器，他親自在旁監視檢測過程，如弓箭射不透盔甲，則斬造弓箭的人，相反，則殺死製造鎧甲的工匠。

如此變態的手法，大大的刺激了魏國製作兵器的精良性，這透甲錐便是其中一個產物。

「各軍準備！」楊阜大聲叫著，城頭上的弓箭兵紛紛拉滿了弓箭，但是眼睛卻受到了阻礙。

「放箭！」

當楊阜看到華夏軍推動著巨大的戰盾駛進百步之內時，立刻大喊了出來。

一時間，箭如雨下，透甲錐紛紛穿透了華夏軍的巨盾，齊根沒入。

但是，也只限於此，透甲錐在射穿第一層盾牌的時候，便透入盾牌後面的木樁，算是受到了一層阻力，緊接著，又穿透木樁，箭頭雖然射進後面的一個盾牌，但是整個箭身都嵌在了圓木當中，箭頭只是穿透第二層盾牌，露出一個鋒利的點而已。

躲在巨盾下的華夏軍士兵見了，都露出笑容，看到透甲錐沒有射穿盾牌，笑容隨即變成憤怒，準備為昨夜死去的兄弟報仇。

此時，打前鋒的是廖化，高森緊隨其後。廖化一邊和眾人躲在巨盾的後面，一邊繼續向前推進。

這是一片開闊地，華夏軍在巨盾的身後躲著，一排兩千人，雖然向前推進的有些緩慢，但不管怎麼說，至少沒有人員傷亡。

曹仁等人只看到了反光，明晃晃的鏡面上映著自己的身影，弓箭手亂射一通，看到人影後，覺得像是在射自己，不禁心裡有點疑慮。

連續射擊三波箭矢後，城下的巨盾還在向前移動，他們看不到巨盾下面到底有多少人，又傷了多少人，一切都是未知之數。

曹仁也管不了那麼多了，他相信自己的透甲錐無堅不摧，命令繼續射擊，城上三排弓箭手反覆輪番射擊。

透甲錐消耗的極為厲害，只一會兒功夫，就不得不從城中的武器庫裡再搬運過來，由於早有準備，配合默契，所以弓箭手們沒有出現斷箭的現象。

但是，密密麻麻的箭矢射了出去，那如同烏龜一般爬行的巨盾卻離城牆越來越近，而弓箭手經過一番連續射擊，臂力有所下降，即使透甲錐再鋒利，此時也顯出了疲憊，力氣無法再和之前相比了。

曹仁一怒之下，大聲喝道：「把巨弩車抬上來！」

楊阜得了命令，立刻帶人去將武器庫裡庫存的一百台巨弩車抬上了城牆，然後架設完畢，裝填上一根半丈長的精鋼打造而成的箭矢，雖然細小，但是在五十步內的距離中，殺傷力卻遠比透甲錐強大。

「將軍，一切就緒！」楊阜報告道。

曹仁拔出腰中長劍，指著前方緩慢移動的華夏軍的巨盾，大聲喊道：「只要敵軍進入五十步內，立刻發射！」

「諾！」

此時，廖化等排在隊伍最前面的兩千人繼續向前推進，眾人推動著巨盾，像是一輛鏟雪車一樣，緩慢地向前行走。

可是，推動了大約二十步左右，大家都累得氣喘吁吁了，因為那些積雪要是能推到兩邊或許會簡單些，但是向前推的話，前面八十步的距離都是積雪，要推到城牆根那裡，得費多大力氣啊。

巨盾暫時停了下來，眾人席地而坐，大口大口的喘著氣。

曹仁在城牆上看到華夏軍停下來了，以為是透甲錐起到作用了，哈哈地大笑起來，讓人使勁的用透甲錐射擊。

又射了一波箭矢後，楊阜來到曹仁的身邊，說道：「將軍，弓箭手已經略顯疲憊之色，再繼續下去，只怕會力不從心，屬下建議可讓弓箭手暫時休息，只要華夏軍一移動，便立刻展開攻擊。」

曹仁看了一下身邊的弓箭手，確實是顯得很是疲憊，便說道：「好，讓他們都停下來休息休息，敵動我動，敵不動就休息。」

「諾！」

於是，魏軍停止了射擊，紛紛靠著城牆休息。

徐晃、郭嘉站在高崗上，用望遠鏡眺望戰場，徐晃看到城樓上架起弩車，道：「不好，魏軍弩車上的弩箭太過龐大，如果在短距離擊出來的話，肯定會給巨盾造成傷害。」

郭嘉道：「已經到這種地步了，是不可能退回來的，今日不攻下此城，魏軍援軍會不斷趕來，遷延時日，只怕不能展開速攻，大年三十就無法推行到長安城下，這個年，我們一定要讓魏軍過不好！」

「今日已經是二十九了，攻下華陰之後，一日強行數百里到長安，還是在這樣的惡劣天氣下，會不會有點太孤軍深入了？」徐晃擔心地說道。

「如果曹仁敗退，便可乘勝追擊，一鼓作氣，可連下數城，魏軍後方空虛，無兵可調，**關鍵就在華陰到灞上這一段距離**，即使無法推進到長安城下，也一定要到達灞上，然後駐軍在那裡，扼守要道，從後面調集援軍。饒是如此，也能讓魏軍無法安生過年。」郭嘉說道。

聽到郭嘉這麼一說，徐晃便點點頭道：「兵貴神速，太尉大人深諳兵法，倒是我太過畏首畏尾了。」

隨後，徐晃讓人去傳令，讓前軍小心城中弩車。他則對郭嘉說道：「太尉大人，現在，我將指揮權交給你，我要用這僅有的一千騎兵攻下華陰城。」

郭嘉見徐晃主意已定，便道：「徐將軍放心，關東軍協調一致，即使沒有人指揮，這一仗也知道該怎麼打。此戰，將是關東軍揚名之時，徐將軍也必然會獲得一件大功。」

徐晃笑了笑，抱拳道：「徐某先行告辭。」

說著，徐晃帶著一千騎兵下了山坡，來到山道中央，群兵讓開一條道路，騎兵駛出山道，來到開闊地上停下。

此時，徐晃的命令已經傳達到了前軍，廖化知道之後，便對部下士兵說道：「這樣全面推進，阻力甚大，不如分成兩隊，從中間突破，將積雪掃到兩邊，用巨盾圍成半圓，步步為營，為車騎將軍的騎兵隊伍掃清一條道路。」

眾人紛紛表示同意，於是稍歇片刻後，便又開始幹活。這次一分為二，左右清掃，很快便空出一條道路。

當廖化等人靠近到五十步內的時候，忽然城牆上射下一百枚巨大的弩箭，弩箭來勢洶洶，遠比透甲錐更具威力，一箭射了過去，扎在巨盾上，巨盾都為之搖晃。

而且弩箭的箭頭直接透過巨盾，向前伸出一尺多長，一個士兵緊貼著巨盾正在幹活，直接被弩箭射進身體，無獨有偶，一百枚這樣的弩箭傷到了一百個正在清掃積雪的士兵，一時間，慘叫連連。

城牆上，曹仁聽到這慘叫聲，無比的興奮，知道是巨弩車發出的弩箭起到了作用，便叫嚷道：「快！繼續用巨弩車射擊，狠狠地射死他們！弓箭手嚴陣以待，只要看到敵軍稍微露頭，便給我射！」

「諾！」

防守的魏軍也來了精神，沒命似的向前射擊。

廖化等人連連受損，都不敢太靠近，稍微有人露出頭，城牆上便是一陣箭雨。

「娘的！豁出去了，大家齊心協力，繼續推著向前進，把吃奶的力氣都給我使出來，我就不信我們還掃不清這條道。」廖化一聲大喊，便抱住了推動巨盾前進的圓木，發力向前衝去。

這一刻，士兵受到了鼓舞，紛紛一起發力，一邊喊著口號，一邊向前推，任由城牆上箭矢飛來也不管不問了，他們的使命就是負責清掃這百步的積雪，如今完成了一半，輕易放棄的話，只會半途而廢。

徐晃在後面看到前軍受損，心中暗暗說道：「你們今日所受到的傷害，我會向魏軍討要回來的。」

隨後，徐晃便對部下下令道：「全軍準備！」

此時，廖化等人冒著箭雨向前推進，士兵在透甲錐和巨型弩箭的攻擊下，不斷地有人喪命，但是，士兵從未有一句怨言，仍舊使勁地向前將巨盾推到城下。

大約推進至二十步左右，廖化便大聲喊道：「反擊的時刻到了，把炸藥都給我扔出去！」

隨著廖化的一聲令下，一部分士兵便開始用打火石點燃炸藥包的引線，然後用力的向城門方向拋了出去。

緊接著，城門口便傳出接二連三的爆炸聲，那些堵住城門的魏軍士兵見狀，全部後退，生怕被炸藥給炸死，而門口堆積的半人高的巨石，也被炸得四分五裂，整個城門已經是不堪入目了。

華夏軍的一個士兵剛舉起一個點燃的炸藥包，手剛露了出來，一支透甲錐便立刻射穿了他的手腕，他手上一鬆，炸藥包立刻落在自己的身邊。

「散開！」那個手腕被射穿的士兵見狀，大叫一聲。

可是現在爆炸聲不斷，除了他身邊的幾個人外，其他人壓根聽不到他的喊聲，他眼看著炸藥包就要爆炸了，猛地咬了下牙，身子直接撲向那個炸藥包，用他的身體壓住炸藥包，同時大聲喊道：「華夏神州大皇帝陛下萬歲！」

聲音剛落，只聽見「轟」的一聲巨響，炸藥包便爆炸了，直接將那個人炸得四分五裂，肢體亂飛。

但是由於他用自己的身體死死地壓住了那個炸藥包，所以爆炸的威力大減，沒有傷及其他人，只是他的血液被灑濺的到處都是。

周圍的士兵見了，各個都是義憤填膺。

「大哥！大哥……」

士兵裡，一個士兵見到被炸得四分五裂的人，大聲喊了出來。

忽然，他猛地抬起了頭，將周圍士兵身上的炸藥包全部搶了下來，胡亂地往自己身上纏了一圈，雙眼中布滿仇恨的血絲，手中拿著火摺子，猛地一咬後槽牙，扒開一個縫隙，便向前衝了出去，口中大聲喊道：「還我大哥的命來！」

如今只剩下十幾步的距離了，士兵採取了自殺式的襲擊方式，在厚厚的積雪上匍匐，城牆上箭如雨下，一支支淩厲的透甲錐鋪天蓋地般的射了過來。

那個士兵身中十數箭，渾身上下都冒著血，染紅了他身邊的積雪，可是仍舊頑強的朝前匍匐著。眼看就要到城門口了，一支巨形弩箭從城上射了下來，將他全身貫穿。

那個人心有不甘，看著距離城門只有幾步之遙，便用盡全身上下最後一絲力氣，點燃那一圈炸藥包後，便奮力地朝城門裡扔了過去。

這一扔足有幾十步之遙，直接扔到城門邊魏軍聚集的地方，那些魏軍見狀，盡皆膽寒，拔腿便跑，就在這時，「轟」的一聲巨響在城門裡傳開，那個士兵看到魏軍士兵被炸飛，嘴裡露出笑容，他終於為自己的大哥報仇了，隨後便直接一命嗚呼了。

華夏軍的其他士兵看到以後，都深深受到了感動，紛紛叫嚷著，緊接著又有幾個全身纏滿炸藥包的士兵沒命地向城門裡衝了過去。

「射死他們！別讓他們靠近城門裡！堵住！堵住啊！」城牆上，曹仁顯然也見識到了華夏軍的威力，已經開始慌神了，指著那幾個自殺式襲擊的士兵大聲地對弓箭手喊道。

他這一喊之下，弓箭手紛紛去射擊那些零星的華夏軍士兵，倒是減輕了廖化等人的壓力。

廖化看著自己悲壯的一幕，大聲喊道：「最後十步了，衝啊！」

兩千先鋒軍，此時只剩下一千不到，來的路上灑滿了鮮血，遍地都是屍體，為了這一百步，華夏軍付出了慘痛的代價。

先鋒軍聽到廖化的吶喊之後，奮力的向前推進，頭上的壓力也減輕了不少，將最後十步內的積雪給推到了兩邊。

一經靠近城門，廖化等人紛紛抽出了兵刃，在城門裡傳來十數聲的爆炸後，便立刻從城門口衝了進去，從地上撿起那些被射倒的士兵所攜帶的炸藥包，繼續向城門衝去。

此時此刻，由高森率領的華夏軍的第二梯隊也快要抵達城門，他們手裡拿著的不再是炸藥，而是連弩，趁著城門口一片混亂之際，便對著城牆上的魏軍一通亂射。

徐晃所率領的騎兵隊伍從後面出發，所到之處，前面堵住路口的巨盾紛紛讓出一條道路，徐晃手提一柄震天斧，騎著駿馬便疾馳而去。

那震天斧的柄端乃純鋼打造而成，大斧是用純金打造，厚重異常，也華貴之極，是高飛賞賜他的。

華陰城上早已亂作一團，城門口被華夏軍突破了進來，城外華夏軍的連弩不停地射擊，當真是前後夾擊。

「將軍，城門失守，應速速退卻，城中尚有萬餘兵馬，可再與敵軍一較高下。」楊阜見狀，急忙抱拳道。

曹仁悔恨異常，曹魏連年誇耀兵甲之利，沒想到今日在華夏軍的強攻之下，堅持還不到一個下午，便被攻破了城門，那華夏軍的武器也太過先進，只要一點著就會爆炸，非人命所能抵達。

曹仁看到城內城外都是華夏軍，仰天長嘯，哭泣道：「此非戰之罪，實則是華夏國太過猛烈。陛下，華陰關城門一開，只怕秦州將不復所有……」

「護送將軍速速離開此地，到內城，緊守甕城！」

楊阜急忙令人將曹仁帶走，他自己則留下來，指揮城牆上的五千多弓箭手，繼續阻擊華夏軍，牽制華夏軍。

「楊阜！一定要活著回到甕城！」曹仁見楊阜自告奮勇的留下指揮，大聲叫道。

楊阜衝曹仁笑了笑，撿起一張大弓，拉滿弓弦，大聲地喝道：「放箭！」

這支魏軍是曹仁親手訓練的鐵軍，紀律嚴明，雖然華夏國占據了上風，但是這些人卻從不畏懼。

初時擔心華夏軍的炸藥，現在城門口已經開始了白刃戰，炸藥的用途也就沒了，城門口聚集著的三千甲士奮力抵擋，廖化帶著人衝進城裡，反而又被魏軍給逼了出來。

魏軍這支軍隊的兵甲甚為卓越，手中武器鋒利異常，身上的戰甲也堅硬無比，和華夏軍的鋼製兵甲不相上下，現在比拼的不是兵甲，而是勇氣和武力，這是一次實打實的戰鬥。

城外，高森等人不斷地向城牆上射箭，弩箭射到戰甲上，居然射不透，令華夏軍的人大吃一驚。

不過華夏軍的連弩精準度比較高，既然射不透戰甲，專射魏軍士兵的額頭。於是萬箭齊發之下，城牆上的弓箭手雖然居高臨下，卻也吃了大虧，一個在明，一個在暗，一番對射之後，城牆上的魏軍弓箭手紛紛被射穿了頭顱，盡皆一命嗚呼，五千多弓箭手只一會兒工夫便剩下了一半不到。

「閃開！」徐晃帶領著騎兵隊伍終於奔馳到來，當先朝著高森等人大喝一聲。高森等人聽到喊聲，急忙讓開一條道路。

楊阜見徐晃親自帶兵前來，急忙張弓搭箭，朝徐晃放了一箭，大叫道：「吃我一箭！」

徐晃早有準備，震天斧當先掄起，金光閃閃的大斧直接將那支透甲錐攔腰斬斷，同時取下拴在馬鞍下面的一張大弓，身子向後仰著，一隻腳從馬鐙裡移動了出來，手摸過一支完好無損的透甲錐，腳踏弓臂，手拉弓弦，仰天向著城牆上便射了一箭。

那支透甲錐登時凌空飛起，破空時發出一聲怪叫，朝著楊阜便飛了過去。

楊阜見狀，大吃一驚，萬萬沒有想到徐晃還有這手功夫，一時躲閃不及，被一箭射中頭顱，直接撞在城樓上的門柱上，立刻喪命，眼神裡布滿了驚恐之色。

徐晃收起大弓，冷笑一聲，罵道：「無恥小人，暗箭傷人，讓你知道本將的厲害！」

說話間，徐晃的一千騎兵冒著箭雨衝到城門口，此時廖化等人正在血戰，廖化帶領著僅剩下的五百多人被魏軍完全壓制住，力不從心，只能後退。

「廖將軍請速速讓開！」

徐晃見狀，皺著眉頭，因為他看到廖化等人的兵器砍在魏軍的戰甲上竟然不能將其傷著，立刻明白己軍已經失去了兵甲的優勢，**接下來將是一場不折不扣的血戰！**

廖化正陷入苦戰當中，忽然聽到徐晃的一聲大叫，急忙下令道：「散開！」

這邊步兵散開，那邊徐晃的騎兵立刻衝進城裡，騎兵的兩側都插著一桿丈許長的長槍，像是兩個鋒利的犄角，人馬未到，森寒而又鋒利的長槍已經戳到敵軍將士的身上，加上馬匹快速的衝撞力，立刻將魏軍堵在門口的士兵撞飛，有的直接被插在長槍上。

徐晃一馬當先，掄起震天斧在前面開路，身後的騎兵紛紛取出拴在馬匹兩側的長槍，用力向前投擲出去，這一招乃是當年跟馬超的幽靈騎兵學的，彌補了後面的騎兵無法戰鬥的不足。

「哇……」

魏軍將士被徐晃這波騎兵衝撞的到處都是，徐晃更是以一己之力殺開了一條血路，臉上的那塊胎記看來顯得猙獰異常，彷彿是地獄來的索命妖鬼，魏軍將士抵擋不住徐晃的鋒芒，節節向後敗退。

血戰不止，徐晃的到來更是將血戰推向了一個高潮，城外箭矢如雨，一番對射中，魏軍漸漸落了下風。

城裡，徐晃帶著騎兵所向無敵，魏軍雖然死戰不退，可是也抵擋不住徐晃的鋒芒，加上後面華夏大軍盡皆奔至，城門這裡已經成了一個煉獄之地。

傍晚時分，夕陽落下，天邊出現了冬日罕有的雲霞，那雲霞好似火燒，與地面上血跡斑斑的狼藉交相呼應。

城外的高坡上，郭嘉拿著望遠鏡正在眺望，看到城內苦戰異常，不禁感嘆道：「一將功成萬骨枯……」

「太尉大人，能讓我看看嗎？」郭嘉的背後突然傳出一個稚嫩的聲音。

他心中一慌，急忙轉身，卻看見高麟站在他的身後，他急忙說道：「二……公輸公子，你怎麼會突然來到這裡？」

「我來觀戰。」高麟走到郭嘉身邊，小手向前一攤，道。

「拿來！」

郭嘉愣了一下，將望遠鏡朝背後掖了掖，說道：「公輸公子，兒童不宜啊……」

高麟虎目一瞪，雙眼迸發出兩道森寒的光芒，聲音雖然不大，但是在旁人聽來，卻極具威懾之力。

郭嘉皺了一下眉頭，看到高麟如此表情，幾乎不敢相信，小孩子居然能夠有如此厲害的光芒，這種眼神，不是窮凶極惡之人便是身經百戰之輩。但是，他的手一直背在後面，絲毫沒有挪動，也是一番不卑不亢。

高麟見郭嘉不為所動，笑道：「太尉大人果然厲害，居然沒有被我嚇到，剛才我學父親發威那一個表情，很像吧？」

郭嘉點點頭道：「像，確實很像。不過，兒童不宜終歸是兒童不宜。」

「切！你不給我，難道我自己就沒有嗎？」說著，高麟從背後拿出一個望遠鏡，白了郭嘉一眼，便朝華陰關內眺望。

「二皇子也太目中無人了……」

郭嘉見高麟對自己如此的不尊重，雖然生氣，卻也無可奈何。

這孩子太過頑劣，自己根本約束不住他，出征前將他留在潼關，現在他又自己跑來，雖然接了高飛的聖旨，要帶他來磨練一番，但是他始終認為，讓一個孩子過早的接觸這些血淋淋的場面，實在太過殘忍。

想到這裡，郭嘉直接用身體擋在了高麟的面前。

高麟還沒看到人影呢，便被郭嘉擋住了，心裡那叫一個氣，他放下望遠鏡，微怒地說道：「太尉大人，你擋住我的視線了。」

「這裡很危險，前方正在打仗，萬一傷到你怎麼辦？你還是趕快回去，省得我擔心。皇上既然把你交給了我，我就有義務照顧好你！否則，出了事情，我一個人扛罪事小，怕只怕皇上龍顏大怒，將所有人全部處斬，你覺得這樣的事算是小事嗎？」

郭嘉目光如炬，不卑不亢，盯著高麟呵斥道。

不知道為何，高麟竟然對郭嘉產生了一種懼意，這種懼意，是他從未在高飛以外的人身上有過的。**他看郭嘉不過是一介文人，怎麼骨子裡竟然會有這種威懾**

他的氣息？

「我來都來了，看一下又何妨？這樣吧，我答應你不亂跑，你讓我看一下前面的戰場，這樣如何？」高麟祈求道。

郭嘉見高麟收斂許多，便道：「大丈夫一言九鼎，何況你又是皇上的……既然如此的話，也好。」

他向一旁閃開，畢竟他也是接到了高飛的旨意，讓他來見識什麼是真正的戰場，他能夠感受到高飛這麼做，是想從小就將高麟培養成一個帶兵打仗的將才。既然高飛這個做父親的都不擔心，他又何必擔心呢。

高麟這才重新拿起望遠鏡，向遠處眺望，第一眼便看到徐晃在城門裡面奮勇殺敵，震天斧舞動的虎虎生風，看得他心血澎湃，恨不得自己也立刻衝到前線去作戰。

可是，他不過是管中窺豹，只看到了在前線作戰威風凜凜的一面，卻沒有看見華夏軍所過之處那成片的屍體。

高麟放下望遠鏡，哈哈笑了起來，扭頭對郭嘉道：「徐將軍威猛異常，實在是看得我熱血澎湃，他的大斧也是一門絕技，等戰後，希望太尉大人從中撮合，讓他教我他所施展的那套大斧的武功！」

郭嘉並不感到意外，因為他很清楚，高麟是個武癡，天生神力，如果不習武，只怕也浪費了這麼好的資質。

直到現在他才明白高飛的意思，讓高麟見識戰場是其次，想讓高麟拜師學藝才是真的。在宛城時，他就聽說張遼將他的槍法傳授給高麟，今天又聽到高麟要拜徐晃為師，更印證了他的猜測。

「皇上難道想將二皇子培養成像呂布一般的人物？如果真是如此，以二皇子的資質，遍學軍中大將之絕學，必然能夠成為天下無雙的人物。」郭嘉暗自揣測道。

「太尉大人，你為何不說話？莫非是看不起我嗎？」高麟見郭嘉愣在那裡，便問道。

「不！公輸公子請不要誤會，我只是想給你提個醒而已。」郭嘉半蹲下身子，看著面前這個小小的武癡，笑著說道。

「什麼？」高麟不解地問道。

「公輸公子的心意，我已經盡知，無非是想學習那些厲害的本領，可是，公輸公子似乎忘了一點，**天下最厲害的，不是登峰造極的殺人本領和武術技巧……**」

說到這裡，郭嘉故意停下來，不再講下去了。

「不是武功？那是什麼最厲害？」高麟好奇地道。

郭嘉笑道：「武功再高，也絕不可能抵擋住十萬大軍，任由你武功再高，再超群，也有力竭的時候。這麼多人，你殺得完嗎？」

高麟想了想，不太同意，反駁道：「讓敵人膽寒，不敢靠近，雖然有十萬之眾也不足懼，以一己之力抵擋十萬之眾，雖然有些太過浮誇，可是只要武力進入巔峰狀態，未必就不能夠。那你說，天下除了這些之外，還有什麼是可以以一己之力便能擊退十萬之眾的？」

郭嘉笑道：「十萬算什麼？**縱然是百萬之眾，我只消輕輕伸出一根手指頭，談笑間，百萬雄師也照樣灰飛煙滅。**」

高麟聽後，怔住了，看著郭嘉說得如此輕描淡寫，好像他真的能夠可以彈指間將百萬雄師徹底摧毀一樣。他根本沒有聽過天下有如此厲害的武藝，如果真的有能夠彈指間摧毀百萬之眾的功力，那也只有神仙了。

「我不信！你瞎說！天下根本沒有這麼厲害的武藝！」高麟用力的搖搖頭，撅著小嘴嘟囔道。

郭嘉道：「我沒說是武藝，**我說的是謀略！**」

「謀略是什麼東西？竟然如此厲害？」高麟譏笑道。

「公輸公子，只要你這裡好使，別說是百萬，千萬人照樣不是你的對手。」郭嘉指了指自己的腦袋，語重心長地說道：「呂布……你聽過這個人的名字嗎？」

「何止聽過？我還……」

高麟很想說，他還得到了呂布的方天畫戟和那獨有的戟法，可是話到嘴邊便立刻打住了。他急忙改口道：「那天下無雙的呂布，誰不知道啊？你問這個幹什麼？」

「因為……呂布是被我弄死的！」郭嘉自豪地說道。

「胡說！呂布明明是關羽斬殺的，怎麼成了你弄死的？」高麟不信道。

「呵呵，你不懂，咱們坐下來，我慢慢給你講，故事長著哩……」

郭嘉拉著高麟的手，讓士兵弄來兩個木墩，坐在那裡，開始給高麟講解他的光榮事蹟。

其實，他這樣做，一方面是吸引高麟的注意力，讓他不要把心思放在戰場上，另一方面也希望高麟不要一味的去學武，希望他聽完自己的故事後，能夠拜他為師，然後他將畢生所學的謀略全部傳授給高麟，雖然不至於讓高麟成為謀略卓著的智者，可也不至於讓高麟淪為一位徹底的武夫，不然的話，那就真的糟蹋了這個好苗子。

郭嘉有自己的打算，在他看來，高飛如此器重高麟，也許以後高麟就是未來的皇帝，如果他能成為高麟的師父，那麼他就是堂堂的帝師，一旦高麟登上皇位，他的地位自然會無比的顯赫，就像現在的賈詡一樣。

這邊，郭嘉給高麟講著故事，那邊，華夏軍漸漸地湧出了山道，朝著華陰城的甕城城門而去。

所有駐守在城門的魏軍，沒有一個人投降，九千將士全部戰死，而華夏軍也傷亡不小，三萬大軍已經損失了三千六百多人。

徐晃一馬當先，親冒矢石，指揮著後面上來的軍隊，高森等人將巨盾推進甕城的城門口，開始用炸藥炸開城門，戰鬥進行到最為激烈的一刻。

放置完炸藥後，高森等人急忙退卻，但聽城門口一聲巨響，甕城的城門便被炸開了，徐晃將震天斧向前一招，大聲喊道：「殺進城內，一個不留！」

華陰城的甕城內。

曹仁見到華夏軍勢不可擋，用炸藥瞬間便炸開了城門，立刻大聲叫道：「全軍聽令，無故擅退一步者，斬！」

曹仁一聲令下，便是如山的鐵令，魏軍將士同仇敵愾，沒有一個人退縮，城中剩餘的一萬將士分別朝甕城門口堵了上來，誓死要保衛此關。

就連曹仁本人也下了城樓，拿起大刀，騎上馬背，帶著三千騎兵來迎擊徐晃。

甕城的城牆上，魏軍的弓箭手依然猖狂，紛紛射出透甲錐，甕城底下的華夏軍士兵連忙將巨盾推過來進行阻擋，高森率領連弩手開始反擊。

徐晃一馬當先，身先士卒，震天斧所到之處無人敢攔，千餘騎兵奮勇拼殺。

身後，廖化率領步兵見縫插針，看見無數魏軍如潮水一般的向甕城城門這裡湧來，立刻下令道：「將炸藥投射到敵軍人多的地方，炸死他們這些狗日的！」

士卒接到命令，廖化立刻糾集起二十個臂力過人，善於投擲的士兵，徐晃在前面廝殺，廖化等人則將點燃的炸藥遠遠地向後投擲。

一時間天雷隆隆，一陣陣的爆炸聲在魏軍中間響起，一個炸藥包爆炸，炸傷周圍的十幾個人，有的離得近的，直接被炸得四分五裂。爆炸聲不斷。

徐晃等人座下戰馬盡皆受驚，但是看到前方已經被炸出一條血路，魏軍士兵盡皆膽寒，不敢靠近，索性讓全體下馬，步行廝殺，和魏軍進行巷戰。

高森在甕城外面解決了許多弓箭手後，立刻壓制住甕城上的弓箭手，隨即抽調一部分兵力，朝城中湧去，協助徐晃等人廝殺。

徐晃提著震天斧衝在最前面，身後騎兵立刻化為步兵，廖化等人將馬匹趕到一個角落，高森帶著連弩手補上空缺，用弩箭在縫隙中奪取一個個敵人的性命，二十名投擲炸藥的士兵還在不停的向前扔著。

魏軍方面，曹仁騎著戰馬帶著三千騎兵從城裡趕來，大喝一聲：「閃開！」

魏軍步卒紛紛讓開一條道路，曹仁手舞大刀，朝著徐晃直接飛奔而去，雙眼充滿了憤怒，大聲喊道：「取你狗命！」

突然，一個炸藥包落在曹仁的面前，炸藥包還在「嗤嗤」的作響，曹仁馬快，直接飛掠過去，可是身後騎兵卻遭殃了，幾匹快馬剛一駛過，背後便傳來「轟」的一聲巨響，騎兵隊伍中間立刻人仰馬翻，後面的戰馬也盡皆受驚，向四處逃竄。

前擁後堵，左右被魏軍步兵圍得水泄不通，騎兵衝撞步兵，步兵反撞向騎兵，一時間魏軍騎兵紛紛被顛下馬背，馬匹硬生生地從人群中間踩踏出去，踏死十幾個步兵。

曹仁此時沒空回頭，眼看就要奔到徐晃面前，但見徐晃突然手持震天斧橫在當中，他大刀便猛地劈了出去。

哪知道徐晃身子向左邊一閃，震天斧猛地揮砍而出，一斧頭便將馬匹的馬腿斬斷，戰馬馬失前蹄，向前便倒。

曹仁吃了一驚，但早有準備，立刻從馬背上跳了下來，看到座下戰馬竄向華夏軍之中，撞飛了兩名士兵，他也剛好落地。

這一落地，曹仁不敢遲疑，雙腳猛地向地面一踏，身子旋轉半圈，大刀緊握手中，一招橫掃千軍，便將華夏軍圍過來的士兵全部斬殺完畢。

一道血紅蘸在曹仁的鋼製大刀上，見徐晃在自己左邊不遠處，快步朝著徐晃衝了過去。

他是豁出去了，想擒賊先擒王，快點結束這場戰鬥，只要斬殺了徐晃，大勢即可落定，華陰關也可以守住。

豈知徐晃也是如此想法，認為只要斬殺了曹仁，敵軍主將一失，再對付那些步卒便輕而易舉的多了，因而掄起震天斧，便朝曹仁飛奔而去。

兩虎相爭，刀斧交鳴，一經碰撞，立刻產生出激烈的火花，四目相對，滿是仇恨，恨不能將對方斬於自己兵器之下。

「叮叮噹噹」的一連串兵器碰撞之後，徐晃和曹仁廝打在一起，這時魏軍也一起湧了上來，和華夏軍衝撞在一起，甕城門口一片廝殺，鮮血早已染透大地，弄得地上一片血沼。

熱血染滿一地，融化了地上的白雪，雪水混合著血水，讓地上變得泥濘不堪。但是，沒有人去在意這些，只顧著向前奮力的拼殺。

廖化帶人登上了甕城的城牆，將弓箭手全部斬殺，隨後從後面喚來連弩手，一字排開在城牆上，專射魏軍面部，箭矢如雨，例無虛發，一時間魏軍死傷甚多。

「轟！轟！轟！」

伴隨著隆隆的爆炸聲，甕城成了煉獄的戰場，雙方士兵都不願後退半步，為爭奪城門浴血奮戰。

魏軍終究人少，加上失去了城牆上那道防線，雖然弓箭手在後面繼續放箭，可是跟華夏軍的連弩手比起來，簡直相差太多，別人發五支箭，魏軍才發一支箭，而且沒有百步穿楊之術的射手也很難射中敵軍要害。相比下來，魏軍雖然在兵甲上和華夏軍持平，但是在總體戰鬥力上還是吃虧。

血戰一會兒後，兩軍將士混為一談，炸藥也停止了投射，只有站在城牆上的連弩手還在射擊。

暮色四合，天色漸漸暗淡下來，城中仍在廝殺。

徐晃和曹仁旗鼓相當，刀斧交鳴，互不相容，勢同水火，誓要立見分曉，兩人鬥了四十多招，仍是勝負未分。

第八章

華陰失守

這時，一個宮人走到曹昂的身邊，貼耳說了幾句話後便離開了。

曹昂聽後，臉上變色，目視諸位在座的人道：「諸位！華陰失守，鎮東將軍曹仁和城內兩萬將士全部壯烈殉國……」

「什麼？這怎麼可能？」夏侯衡大叫了起來。

華陰城外，華夏軍等待著入城的人堵滿了整條通道，在外面排成了長長的人龍，後軍的將士無不想衝上去作戰，奈何城中容量有限，魏軍死戰不退，讓華夏軍無可奈何。

城外的高坡上，郭嘉給高麟講完自己過往的輝煌事蹟，問道：「公輸公子，這會兒你知道什麼最厲害了吧？」

「果如太尉大人所說，那謀略也確實了得……」

高麟想了想，站起來，拍拍屁股，看著前方說道：「倘若有朝一日，我能統帥大軍，定然請太尉大人做我的軍師，替我出謀劃策。」

郭嘉道：「難道公輸公子就不想學謀略嗎？」

高麟忽然轉身，雙膝下跪，跪在郭嘉的面前，拜道：「老師在上，請受學生一拜！」

郭嘉見高麟突然向自己跪拜，笑了笑，伸手在高麟的頭上撫摸了一下，說道：「孺子可教……」

半個時辰後，城內戰事基本已了，在血與勇氣的碰撞中，華夏軍取得了勝利，魏軍剩餘的八百餘人全部被俘。但是，城內還是傳來了叮叮噹噹的打鬥聲，那是徐晃和曹仁之間的戰鬥，任何人不許插手，沒有暗箭，只有武力上的較量。

「八十招了！你還不認輸嗎？」徐晃邊打邊叫喊道。

曹仁身上有兩處傷口，左臂一處，右腿上一處，而徐晃身上卻完好無損，徐晃氣焰囂張，虎虎生威，曹仁卻氣力不佳，帶著疲憊之狀，勝負早已經分曉，但是曹仁一直在強撐著，拒不認輸。

「匡！」徐晃的震天斧直接擊打在曹仁的鋼盔上，發出了一聲巨響，曹仁也因此身子向一側傾倒，眼睛裡已經出現了點點迷離，眼看就要摔倒，曹仁將大刀猛地插在地上，支撐住自己的身體，硬是沒有倒下去。

曹仁用力地甩了甩頭，耳朵裡一陣嗡鳴的聲音，只看到徐晃的嘴唇在蠕動，可是卻聽不見聲音。環視著一圈被俘虜的將士和地上的殘肢，心裡無比的悲愴：

「難道，我就這樣輸了？不！我絕不能輸，一旦輸了，華夏軍便會長驅直入，到時候兵臨城下，長安城中守兵不多，根本不堪一擊……」

一想到這裡，曹仁咬著後槽牙，雙目中迸發出極大的怒火，雙手緊緊握著大刀，「呀」的一聲大叫，整個人便朝徐晃那邊衝了過去。

徐晃見曹仁又衝了過來，腿上、胳膊上早已經被鮮血覆蓋住，此時都凝結在一起，不住地搖頭道：「你是打不過我的，怎麼說你才明白，你這樣拼殺下去，對你有什麼意義？魏國就要完蛋了，我看你是一個將才，才沒有痛下殺手！」

曹仁兩耳失聰，完全聽不到徐晃在說什麼，只是持著心中的那一絲信念，朝徐晃衝了過去，口中大叫道：「我絕對不能輸！」

「噹！」

徐晃一斧頭砍了過去，直接將曹仁手中的兵刃挑飛，一腳踹在曹仁的胸口上，將曹仁踹倒在地上，大怒道：「執迷不悟！」

「將軍！曹仁是曹操的嫡親，同族同宗，是絕對不會投降的，殺了他，今夜便可駐軍灞上，兵貴神速啊！」高森提醒道。

徐晃聽到高森的話後，眉頭一皺，雙目中迸發出殺意，見曹仁又從地上爬起來，充滿仇恨地準備向他發起攻擊時，下令道：「既然如此，留他無用，將他射殺，留個全屍。」

說完，徐晃便輕輕地閉上了眼睛，只見無數支箭矢朝曹仁身上射了過去，用的正是魏軍生產的透甲錐。

隨後，徐晃聽見一聲悶響，睜開眼睛時，曹仁已經被萬箭穿心，雙膝跪在地上，耷拉著腦袋，卻未倒地，死的時候，也未曾聽到曹仁叫過一聲。

徐晃突然有一種惺惺相惜的感覺，畢竟五年來，兩個人常駐邊關，中間只隔著數十里山路，聽到最多的，就是曹仁又怎麼怎麼了，可是從今以後，他再也聽不到這些了，不免心中生出一份悲涼。

他重重地嘆了口氣，說道：「厚葬曹將軍。」

他聽到八百多被俘虜的魏軍將士的哭聲，掃視了一眼道：「投降者免死，否則下場和曹仁一樣。」

卻聽八百多俘虜同時喊道：「將軍，我等隨你去了！」

一時間，八百多名俘虜突然掙脫，朝城牆撞了上去，一連串悶響之後，被俘虜的將士們全部撞碎了腦袋，躺在地上抽搐到死。

徐晃心中又多了一份蒼涼，華夏軍的將士們見了，也是一陣莫名的傷悲。

華陰城兩萬士兵，沒有一個人投降，也沒有逃跑一個人，就連西門也從未打開過，所有的人都把熱血灑在城門和甕城之間這塊巴掌大的地方上，屍體堆積如山，血流成河。

而華夏軍也付出了慘烈的代價，三萬大軍，一萬三千人斃命，關東軍首次出征便損兵上萬，這對於徐晃來說，也是一個打擊。鏖戰兩天一夜，終於將華陰城這塊難啃的骨頭給啃下來了。

「廖化留守，將所有陣亡將士全部埋葬，他們雖然不在同一陣營，卻都是為國捐軀，值得我們去撫慰。高森隨我走，集合城中所有戰馬，從後軍抽調未曾參戰的兵力，隨我一同奔赴灞上，華陰一切事務，全權交給太尉大人負責。」

徐晃提著震天斧，騎上一匹駿馬，便朝華陰城的西門奔去，不願意再看到這些使得他難受的場面。

戰鬥勝利，華夏軍奪取了華陰城，但是沒有人覺得這是一種榮耀，相反，每個士兵的心裡都多少留下了一絲悲涼，曹仁及其兩萬大軍的這種精神，值得他們尊敬。

城中所剩馬匹一共三千八百多匹，徐晃便從後軍抽調出相等的人數，從華陰城的府庫中帶上三天的乾糧，來不及休息，立刻朝灞上奔馳而去，留下廖化收拾殘局，郭嘉統籌安排。

華陰城被華夏軍圍攻的消息早已傳到了長安城，長安城中聽聞此消息，議論紛紛，太子曹昂急忙召集朝中文武大臣商議對策。

太子府中，曹昂端坐在那裡，見人陸續到齊，便道：「父皇南征蜀漢未還，大軍尚且留在蜀中，如今華陰關正遭受猛攻，萬一這個時候華夏國再襲擊涼州，我大魏拿什麼抵禦？諸公皆我大魏一時之良俊，儘快想想辦法才是。」

陳群、楊修、劉曄、滿寵面面相覷，暫時沒想出什麼好辦法，畢竟國內空虛，無兵無將，如何支援？

「啟稟殿下，臣以為，可派人趕赴羌中，請求羌人出兵協助，我大魏自和羌人聯合以來，已經渾然成為一體，涼州多數地方官員皆由羌人擔當，一榮俱榮，一損俱損，想必羌王也會明白這個道理。」夏侯衡抱拳說道。

曹昂附和道：「夏侯將軍言之有理……」

夏侯衡，乃夏侯淵長子，年方十八，勇敢果烈，頗有乃父之風。太子曹昂監國，便任命夏侯衡為中軍都督，專門負責守衛宮中安全。

「此時正值年關，羌人也有自己的風俗，如果此時去請羌人作戰，只怕會適得其反。涼州有夏侯將軍和徐軍師駐守，想必無甚大礙，而且涼州多為羌族聚集之地，一旦受到攻擊，羌族不用我們吭聲，便會自動反擊。臣擔心的不是涼州，而是華陰，當務之急，應該儘快派出援軍支援華陰才對。」陳群道。

曹昂點點頭道：「言之有理……」

「華陰城牢不可破，曹將軍部下大軍又是一支鐵軍，兵甲甚為優良，乃一重城，華夏軍即使有神通，也不一定攻破華陰城。當務之急，還是在涼州。華夏國西北野戰軍兵力二十萬，一直對涼州虎視眈眈，雖然有夏侯將軍和徐軍師在，可畢竟兵力不足。羌人雖然會自主反抗，但不受我大魏調度，就如同一盤散沙，對付二十萬的西北野戰軍，只怕是以卵擊石。而且羌人也有私心，這兩年來，羌人欲望膨脹，不斷地提出不合理的要求，均被陛下否決，羌人雖然嘴上沒說，可一定會懷恨在心。臣以為，當先派遣使臣趕赴羌中，安撫羌王為上。」滿寵道。

曹昂聽了，又點點頭道：「言之有理……」

這時，一個宮人奔赴進來，走到曹昂的身邊，貼耳說了幾句話後便離開了。

曹昂聽後，臉上變色，站了起來，目視諸位在座的人道：「諸位！華陰失守，鎮東將軍曹仁和城內兩萬將士全部壯烈殉國……」

「什麼？這怎麼可能？」夏侯衡大叫了起來。

其餘人臉上也露出詫異之色，華陰重鎮乃曹仁一手打造，號稱一隻蒼蠅也飛不過去，可是今天，只短短兩天一夜，竟被華夏軍攻下來了。

這則消息如同深水炸彈一樣，在眾人當中炸開，他們都在捫心自問，這華夏軍莫非都是天兵天將，居然能夠在這麼短的時間內攻克此關?!

正當眾人深受打擊之際，一直久坐在那裡，沒有說話的曹真突然站了起來，向曹昂抱拳道：「太子殿下，請即刻下令，全城緊閉大門，準備備戰吧。」

曹昂問：「子丹，這是何意？」

「華陰失守，華夏軍就可以長驅直入，沿途郡縣必定會望風而降，只怕這會兒華夏軍的前部已經在來長安的路上了。華夏軍究竟在華陰耗損了多少兵力，又來了多少兵馬，我軍盡皆不知，不怕一萬，就怕萬一。萬一是華夏軍大舉進犯，那我長安城內的兩萬兵馬根本不足以抵擋。現在只有從地方上臨時抽調兵力，並給城中百姓發放武器，虛張聲勢。華夏軍見我軍守衛森嚴，必然不會貿然進攻；同時，即刻派人趕赴武都，請鎮西將軍、武都侯張繡帶兵來援，另外派出快馬通知漢中，讓漢中也派兵來援，同時將此消息傳達給陛下。長安城中糧秣充足，完全可以堅守一年以上。」曹真謀劃道。

陳群、楊修聽後，覺得曹真謀劃的十分得當，皆道：「我等附議！」

劉曄、滿寵也是一致意見，抱拳道：「曹將軍所言甚是！」

夏侯衡當即建議道：「太子殿下，當此之時，能救長安的只有曹子丹，請殿下將全城兵馬全權委託給曹將軍，由曹將軍統一調度！」

曹昂便點頭同意了，道：「鷹揚將軍曹真聽旨！」

曹真當即下跪，拜道：「臣鷹揚將軍曹真接旨。」

曹昂道：「父皇命我監國，我便以監國之名義親授愛卿虎符，除虎豹騎外，任何兵馬皆可調動，封你為大都督，總督一切軍務，必要時，可專權專斷，不必上報。」

「曹真領旨！」曹真拜道。

曹昂道：「聖旨隨後下發，陳公、楊公，二位還請盡皆輔佐大都督，待度過難關，熬到父皇歸來，便是一場勝利。」

陳群、楊修是曹魏復國的開國功臣，盡皆被曹操封為公爵，陳群是輔國公，楊修是安國公，二人的待遇更是高於其他人。兩人聽後，對視一眼，道：「臣等遵旨！」

隨後，曹真開始調集兵馬，魏軍開始行動起來，劉曄、滿寵則開始清查府庫，貼出告示，徵召新兵入營，開始了積極的備戰狀態。

西元一九六年的大年三十，是一個不尋常的日子，對華夏國而言，是開心的，因為今年不但攻滅了荊漢，還取得了西北戰役的初步勝利，捷報很快便傳遞到了帝都。

在沒有信鴿的嚴冬裡，華夏國的斥候們還在堅守第一線，他們或許在冰天雪地裡奔走，或許在某個山洞中躲藏，又或許在別國境內靜心潛伏收集情報。但是不管他們在哪裡，華夏國的勝利都永遠離不開他們。

對於華夏國消息傳遞的速度之快，一些國中大臣也感到很是吃驚，他們不知道卞喜訓練了一支多麼強大的隊伍，更不知道全國斥候的總數，只知道無論有什麼新的消息，斥候們總是以最快的速度將消息傳遞出去。

洛陽城的皇宮內，高飛坐在偏殿裡，周圍有爐火烘烤著，使偏殿裡顯得暖如春日。面前，擺著一桌子的美味佳餚。

他抬起手，對環繞在一旁的卞喜等人說道：「諸位都是斥候隊伍中的精英分子，今天朕難得能和大家聚上一聚，平時大家都在外風餐露宿，今天朕為你們準備了美味佳餚，就請盡情的吃喝，歷年來，你們難得過上一次大年夜，今年朕特賞你們每人美女一名，算是給你們做婆娘了。以後就留在帝都，為朕訓練更多的斥候。」

卞喜急忙扭頭對部下說道：「還不快謝陛下隆恩？」

二十名斥候精英急忙起身跪拜道：「微臣等叩謝陛下隆恩！」

高飛笑道：「都起來吧。今日，你們的兄弟又從西北傳來了消息，威武城已經被攻下，曹休投降，圖霸涼州也指日可待，而且右車騎將軍也已經攻下了華陰關，如今正駐軍灞上。來來來，大家共同舉杯，為奮鬥在第一線的將士、斥候們乾杯，恭祝他們能夠取得更輝煌的戰績！」

於是，眾人一起舉杯，然後也不客氣，開始一番吃喝。二十名精英斥候都是在外野慣了的人，吃起東西來也是狼吞虎嚥，風捲殘雲。

高飛看到眾人很快便將桌子上的飯菜吃完，立刻又讓人端來一些。

華夏國斥候總數目恐怕是三國之最，高達十萬人，這十萬人，都隸屬於卞喜的情報部，部下設立科室，以各州為區域。

前線陣地的斥候要遠遠多過後方的穩定地帶，在前線陣地上，每十里就有一個華夏國的斥候存在，然後消息的傳遞是以接龍方式進行的。所以，華夏國的消息傳遞速度遠遠的高過其他國家，這也是卞喜獨創。

其實，各國的斥候都很不錯，但是關鍵是看國家給不給予支持。高飛擁有著現代思想，在他的想法中，消息傳遞速度的快慢，往往能夠取決於一場戰爭的勝負。**高飛所發動的戰爭，打的不光是消耗戰，持久戰，而且還是資訊戰。**

飛鴿傳書可以作為短距離傳送，在短距離內，鴿子的飛翔速度要略微輕快，但是如果是中、長距離，斥候往往會比信鴿快，因為鴿子只有一個，路上也需要休息，有時候長距離的奔馳，萬一碰上什麼凶惡的猛禽，被一口給吃了，那消息就永遠不可能傳遞出去。

所以，為了杜絕這種事情再次出現，高飛採取了兩種措施，空中加地面，雙管齊下。也因為如此，華夏國的情報部每年的開支都很龐大，快趕上十萬軍費的開支了。

高飛宴請完斥候精英後，便對卞喜道：「你回府的時候，去見一下那個羅馬人，讓安尼塔·派特里奇來皇宮一趟，就說朕要見他。」

卞喜沒有多問，應了一聲便走了。

高飛則去了御書房，對秘書長陳琳說道：「你給朕擬寫幾道聖旨，賞賜太史慈、馬超、龐德、魏延、褚燕西北軍五將各百枚金幣，賞賜徐晃、廖化、周倉、高森關東軍四將金幣各三百枚，賞賜郭嘉金幣百枚，所有陣亡將士，一律按照烈士對待，撫恤金直接發放到家裡。」

陳琳點點頭，揮筆便寫，寫好之後，請高飛過目。高飛看過，這才取出傳國玉璽，加蓋大印。

「哦，對了，你再寫一道聖旨，封安尼塔為飛衛上將軍，官居從二品，帶兩萬飛衛軍去協助右車騎將軍徐晃攻打長安，明日出兵。」高飛補充道。

「諾！」

陳琳不辭辛勞的又寫了道聖旨，高飛過目之後，便加蓋上了玉璽。

「將第一道聖旨送到戶部，第二道聖旨送到兵部。」

「諾！」

陳琳走後，高飛攤開地圖，仔細地研究了一番後，便聽見門外侍衛說安尼塔・派特里奇求見。

「讓他進來！」

安尼塔・派特里奇進來之後，便對高飛行了跪拜之禮，高聲呼喊道：「尊敬的皇帝陛下，我一聽說您傳喚我，我就來了，不知道皇帝陛下傳喚我，所為何事？」

高飛聽到安尼塔・派特里奇的漢話已經說得相當標準了，雖然還帶著一點西方味道，但是對安尼塔來說，已經是很難得了。

他走到安尼塔的身邊，親自將安尼塔給扶了起來，笑道：「派特里奇先生，你來我們華夏國也有好幾年了吧？我老是麻煩你幫我訓練軍隊，一直對你照顧不周，還請你多多包涵。」

「為皇帝陛下效勞是我的榮幸。皇帝陛下不僅給我吃的，給我穿的，還給我住的，還有女人，萬能的上帝一定會保佑皇帝陛下長命百歲的。用你們的話來說，吃人的嘴軟，拿人的手短。我兩樣都占盡了，我覺得為皇帝陛下效勞是我應該做的。」安尼塔幽默風趣的說道。

「哈哈哈……派特里奇先生，你都快成為一個中國通了。我這次叫你來，不是讓你訓練軍隊的，而是讓你去打仗的，讓你帶著你這幾年秘密替朕訓練的飛衛軍去攻城略地，不知道你意下如何？」

高飛將派特里奇拉到一張座椅上，和藹的說道。

安尼塔・派特里奇的臉上浮現出一絲喜悅，說道：「我恨樂意為皇帝陛下效勞，這正是陛下檢閱我這幾年羅馬式訓練的結果。我想，我一定會在戰爭中給陛下帶來榮耀，讓全天下的人都記住，皇帝陛下不是好惹的，都趕快臣服吧。」

「哈哈哈……說得好！說得好！派特里奇先生，我不得不承認，你的馬屁功夫也見長了不少啊！」高飛聽了安尼塔奉承的話，心裡很是舒服，笑道。

「千穿萬穿，唯有馬屁不穿，我這也是學以致用嘛。」安尼塔・派特里奇也笑道。

「嗯，只是這馬屁不要時常拍，否則的話會拍在馬蹄子上的。在我華夏國，馬屁功夫好，不如你有真本事，明白嗎？」高飛提醒道。

「皇帝陛下的話，我記住了。」

「嗯，那咱們就長話短說，你過來看……」

說著，高飛便將派特里奇拉到地圖邊，指著長安城說道：「這裡你知道是什麼地方嗎？」

「是魏國的國都長安城，我曾經在那裡待過，不過那個時候還是秦國，皇帝姓馬不姓曹。不過很可惜，馬打不過曹，最後被曹給擊敗了。更可惜的是，馬並不重用我，如果他重用了我，也不至於會有此敗。」派特里奇惋惜的說道。

高飛道：「派特里奇先生……」

「陛下叫我安尼塔即可，在陛下面前，派特里奇不敢自稱為先生。」

「呵呵，好的。安尼塔，我已經封你為飛衛將軍，官居從二品，想讓你明日就帶兵出發，去攻打長安城。如果攻下了長安城，朕自然會給你加官進爵。以後，還會協助你找到回家的路，怎麼樣？」

「偉大的皇帝陛下啊，這是真的嗎？我沒有聽錯嗎？」

「你沒有聽錯，一點都沒。」

「我願意為皇帝陛下效勞，哪怕是上火海，下刀山也在所不惜……」

「呵呵，應該是上刀山，下火海。」

「哈哈，對對對，陛下糾正的對，是上刀山，下火海。」

隨後，高飛又喝派特里奇聊了聊，並且讓他攜帶炸藥去，至於攻城武器就不用帶了，如果帶的話，肯定會遷延時日，相信在已經攻克的城池內會有攻城武器的。

而對於安尼塔・派特里奇來說，這也是一次巨大的轉變，未來的路，就在他的腳下。

涼州，武威城。

大年三十的夜晚，太史慈、馬超、龐德、魏延、褚燕，外加曹休都聚集在一起，大家圍成一圈，煮著年夜飯，每個人的心情都是舒暢的。

可是對曹休而來，表面上要附和著這群虎狼，心裡卻極為難受，一直在期待著有逃走的機會。

西元一九七年，農曆正月初一。

太史慈本來決定今天開始對魏國的涼州發起總攻的，可是城外足有半人深的積雪卻讓人苦惱，不得不改變原有的策略，暫緩進攻。

太史慈將馬超、龐德、魏延、褚燕都聚集在一起，開始商議下一步棋該怎麼走。

「如今大雪封門，足有半人之深，外面道路上都是如此深的積雪，行軍很是困難。當日我們攻打武威時，就是提前一日出發，並且強行進軍，加上魏軍無所防備，才被攻克了武威。我也知道兵貴神速的道理，按照樞密院制定的作戰意圖，本該在今日發兵攻打漢陽郡才對，可是我臨時決定，暫緩進軍。今日將四位將軍召集過來，就是想問問諸位，可有其他良策破敵？」太史慈環視眾將道。

馬超、龐德、褚燕都搖搖頭，面露難色。

太史慈見後，嘆氣道：「只可惜沒有帶夫人一起來，否則的話，以夫人之智慧，必然能夠想出一個破敵之策……」

魏延苦思冥想了一會兒，忽然心生一計，道：「大將軍，曹休投降我軍雖然未必真心，但是卻可以在曹休身上做文章。」

太史慈、馬超、龐德、褚燕都狐疑地看著魏延。

魏延清了清嗓子，說道：「曹休乃被迫投降，對我軍並不真心，必然是牽掛著魏國，而且也會想方設法的去通知夏侯淵，只可惜被我軍看管得很嚴密，一直沒有機會。如果給他這個機會，讓他把消息送出去，夏侯淵必然會帶兵前來偷襲，到時候，我軍再將計就計，以大軍姿態合圍夏侯淵，必然能夠將其斬殺！這樣一來，我軍既省去了奔波，也可以以逸待勞。只要殺了夏侯淵，涼州便無人敢抵擋我軍了。」

太史慈哈哈笑道：「妙計啊！看不出來文長的腦袋瓜子也挺好使的啊。文長，趕緊給我們說說具體如何行動。」

西北軍五個大將裡面，褚燕年紀最長，其次太史慈，馬超、龐德、魏延較兩人略小許多，但太史慈、馬超、龐德、褚燕都是勇猛有餘，智略不足，唯獨魏延文武兼備，之前曾經在臧霸處當副將，後來陸續給幾個人當副將，也算是高飛器重他，讓他逐漸從一個初出茅廬的愣頭青變成了能夠獨當一面的將軍，還贈給他兵法書讓他學習。

魏延倒也不曾辜負高飛，將所贈的兵法書都研讀完了。但是，華夏國人才濟濟，可謂是眾星雲集，也就沒有他施展才華的份了，此時好不容易得到了一個機會，魏延自然不會錯過，便將自己的策略說給眾人聽。

眾人聽後，都覺得此計不錯，最後太史慈一錘定音，決定採用魏延的策略。

曹休坐在房間裡，輕輕地擦拭著自己手中的長劍，一臉的愁容，心中暗道：「我坐在這裡，等同坐牢，外面眼線極多，一舉一動都被人監視著。這年也過了，可是太史慈卻不出兵，讓我無從將消息送達出去。夏侯將軍恐怕還什麼都不知道吧？這大過年的，誰沒事要往外面跑啊？」

「夫君，我給你燉了點湯，你趁熱喝了吧，你從昨天就沒怎麼吃飯，今天要是再不吃點，只怕身體會吃不消的。」

曹休的妻子走了過來，手裡端著一碗熱氣騰騰的雞湯，放在曹休的面前。

曹休搖搖頭，將雞湯推到了一邊，說道：「我沒胃口，不想吃，你喝了吧。」

曹休看著妻子道：「茵茵，你說我要是能跑出去該有多好，估計叔父帶著兵馬和我來個裡應外合，早已經把華夏軍給打跑了……」

「我也想啊，可是誰知道當時外面會有那麼多華夏軍啊……」

曹休的妻子是夏侯淵的親侄女，叫夏侯茵，曹氏和夏侯氏聯姻，這是很正常的。

夏侯茵溫柔賢慧，而且還是個美人胚子，曹休見她第一眼時便喜歡上她了，隔天便讓人去提親，婚後生活很是美滿。

夏侯茵問道：「夫君還在為那天的事情生我的氣嗎？」

「怎麼會呢，你別亂想，我只是低估了華夏軍的能力，居然用二十萬大軍去攻一座城，實在是太浪費了。」曹休摸了一下夏侯茵的臉龐道。

「曹將軍在嗎？」外面傳來一聲高喊。

曹休聽到喊聲，狐疑道：「是魏延？」

他不敢耽擱，急忙走到門口，打開門，看見魏延一身戎裝，頭盔、戰甲都穿得好好的，奇怪地道：「魏將軍，你這是……要出征啊？」

魏延點點頭道：「對啊，大將軍思來想去，還是決定讓我們趁著這個時候出征，我們要去攻打金城郡，但是路不熟，所以想請曹將軍來做嚮導，不知道曹將軍可有閒暇？」

曹休問道：「去打金城郡？為啥不直接去攻打漢陽郡呢？只要斬殺了涼州刺史，其餘郡縣傳檄便可平定了。」

魏延道：「這個我也不知道，是大將軍的吩咐，我只管照做。不過，聽大將軍的意思，好像是想來個聲東擊西，我佯攻金城，鼓噪而進，然後騙夏侯淵出來，大將軍則引一支兵馬去偷襲漢陽郡。」

曹休聽後，心中一驚，如果真是這樣的話，漢陽郡一旦被攻下來，那涼州就等於失陷了，因為涼州的錢糧都囤積在漢陽郡裡。

他臉上依然是滿臉笑容，豎起大拇指，誇讚道：「大將軍妙計啊！」

「那曹將軍可否陪在下走一趟，去攻金城郡？」魏延問道。

曹休暗想：「此地已經被嚴密監控起來了，很難有向外送出消息的機會，如果我跟著魏延去攻金城，然後借機把他灌醉，再偷偷回漢陽郡去報信，便可以將功贖罪了。」

一想到這裡，曹休便急忙說道：「魏將軍，我曹休自從投效華夏國，一直寸功未立，今日魏將軍親自來請，如何能拒絕呢？曹休義不容辭。」

魏延笑道：「好好好，我就知道曹將軍是個爽快人，那我在城門口等你，兵馬都已經集合完畢了。」

「哦，我稍後便到。」

魏延轉身離開，同時高聲對門外守衛喊道：「曹將軍要跟隨本將出征，你們一定要保護好曹將軍的家眷，切勿讓曹將軍的家眷受到騷擾。」

「諾！」

曹休急忙關上門，轉身對妻子道：「夫人，我這次出去，會見機行事，你留在這裡很安全。我出去之後，便尋機開溜，然後帶兵來救你，少則三天，多則五天，我必回來。」

夏侯茵點點頭，道：「夫君，你去吧，妾身在此等你就是了。」

曹休抱著夏侯茵深深地親了一口，然後披上盔甲，掛上佩劍便離開了。

等到了城門口，曹休見魏延帶著兩千步兵已經嚴陣以待了，便跑到魏延身邊，問道：「不騎馬嗎？」

「城外大雪足有半人之深，馬匹更難行進，再說，我們是佯攻，只要做出聲勢即可，還騎什麼馬啊？」魏延道。

曹休「哦」了一聲，問道：「對了，魏將軍，我來的時候正好經過兵營，兵營裡好像只剩下寥寥無幾的幾個人，大將軍不會是將其餘的兵馬全帶走了吧？」

魏延道：「大將軍向來做事謹慎，何況是去攻城，人多力量大，就算多數不參戰，也可以給我軍壯壯聲勢嘛。曹將軍，那我們啟程吧。」

出了武威城的城門，曹休注意到，有一道長長的印記一路朝漢陽郡駛去，道路上的積雪被清理開，路上還有新鮮的馬糞，想必是剛走沒有多久。

一出城門，魏延便命人敲鑼打鼓，打起大旗，朝著金城郡方向而去。

兩千士兵這麼一散開，還別說，真做出了幾萬人的架勢，遠遠看去，漫山遍野的都是華夏軍的大旗，如果不是曹休知道具體人數，見到這種陣勢，也會以為有幾萬大軍。

魏延走在前面，前面有幾個士兵先行開路，將積雪清掃開來。曹休也跟著走，大約走了四五里路，眾人都累了，魏延便下令休息。

如此反覆的走走停停，挨到傍晚，這些人才走了二十里路，實在走不動了，魏延便讓人去找個高坡，然後挖了些窯洞，便住了進去。

這窯洞可是冬暖夏涼，又弄些乾柴進來升起了篝火，在這寒冷的冬日裡也能暖意融融。

此時，眾人都餓了，眼看天色就要黑了，魏延便道：「大家都辛苦了，好不容易出來一趟，弄些野味吧。」

曹休聽到要去打獵，覺得機會來了，欣然贊同。

魏延帶著五百人去山中狩獵，留下一千五百人在窯洞裡休息，進山後，魏延便對曹休道：「曹將軍，咱們兩個一起，其餘人自行組隊。」

五百人的狩獵隊伍分開之後，魏延和曹休並列走在一起，漸漸地朝山林深處走去。

曹休雖然一邊走著，心中卻在思量著要如何逃走，可是和魏延挨得如此近，一直苦於無法找到機會。

正在曹休犯難之際，忽然山林中傳來一聲虎嘯，曹休靈機一動，便對魏延道：「魏將軍，你聽到了嗎？」

魏延點點頭道：「不想此處竟有老虎出沒，看來進山需要多加小心了。」

「魏將軍，不如我們將此孽畜除去，省得這孽畜以後出來害人。」曹休建議道。

魏延故作沉思道：「好吧，聽這聲音，應該就在不遠處，我正面進攻，你繞到後面去，然後合力將猛虎擊殺。」

曹休喜道：「好，我這就去。」

說完，曹休轉身便走。

「等等！」魏延突然從後面叫住了曹休。

曹休心中一驚，站住腳回頭望去，見魏延拋來一張弓箭。

「打獵不要弓箭，你想徒手和猛虎格鬥嗎？」魏延道。

曹休這才鬆了口氣，一把抓住弓箭，見魏延只有一柄長劍，心想：「如果我現在就將魏延射死，然後逃走，那豈不是更好？」

正思量中，曹休的雙手緊緊地握住弓箭，正準備行動時，突然看見魏延從腰中解下一張連弩，急忙打消了念頭。如果他此時向魏延發難，估計剛拉開大弓，魏延的弩箭便已經將自己射穿了。

曹休最後還是放棄了射殺魏延的打算，畢竟太過冒險。他朝魏延抱拳道：「多謝魏將軍，那我這就去了。」

「嗯，去吧。」

曹休轉身拔腿便走，魏延見狀，臉上露出一絲詭異的笑容。

分開不久後，曹休已經看不見任何華夏軍士兵了，當即便朝漢陽郡方向逃走，一路上遇到零星的幾個華夏軍出來打獵的士兵，他便躲在雪窩裡，等士兵過去了再出來。

天色逐漸暗淡下來，他聽到山中傳來魏延的喊聲，心中尋思著：「如果我就這麼走了，魏延一定會以為我是逃走了，肯定會帶兵追我……」

曹休想了一會兒，拔出腰中佩劍，將身上的戰袍給劃開，做出像是爪子抓過的痕跡，然後自己又割傷了手臂，弄出一點血跡，將戰袍給染上血，隨後找到一個山崖，將那裡胡亂撲騰了一番，弄得像是打鬥過的痕跡，然後脫下一隻戰靴，擺放在山崖邊。

經過一番布置，看上去像是和老虎進行了一番搏鬥，然後不敵便跌落山崖了，他又將戰袍朝山崖下一扔，自己滾了下來，然後做出老虎叼走獵物的樣子，這才迅速離開。

走了一會兒，曹休忽然想起雪地上無論怎麼走，都會留下一道長長的印記，見路旁剛好有一棵參天大樹，便刮下樹皮，趴在上面，順著高坡衝下山，然後便飛也似的逃走了。

這天寒地凍的，他脫去了戰袍，又割傷了自己的手臂，還光著一隻腳，在這種惡劣的環境下，慘狀可想而知，可是曹休的心中卻一直秉持著一種信念，誓要將華夏軍的消息送到漢陽郡去。

行至半夜，自己早已凍得不行，看見前面有個小屋，小屋裡還亮著燈，便拼命地向小屋那邊走去。

到了小屋門口，曹休又冷又餓，拍打著小屋的門，有氣無力地叫道：「開門……快開門啊……」

小屋的門打開了，從裡面走出一個老獵人，見曹休躺在門口，幾乎快要凍僵的樣子，急忙將曹休帶進了屋裡。

老獵人將曹休放在篝火邊，又給曹休拍去身上的積雪，然後裹上被褥，將篝火上熬好的肉湯給曹休吃。

曹休嘴唇凍得發紫，渾身哆嗦著，從牙縫裡擠出一聲謝謝，端起肉湯便喝，也不覺得燙。

「慢點慢點，別燙著！」老獵人見到曹休的吃相，急忙道。

半個時辰後，曹休漸漸地恢復溫暖，也吃飽了，坐在那裡烤火，一邊道：「老丈，你這裡可有馬匹？」

「只有一匹劣馬，將軍這是要前往何處？」老獵人問。

「老丈，我是武威太守、安西將軍曹休，我現在需要去漢陽郡一趟，想借你的馬匹用一下，不知道老丈可借否？」

「哦，原來是太守大人，小人失敬。」老獵人拜道。

「不必多禮，老丈，此地何處？離漢陽郡還有多遠？」

「此地名為八里溝，離漢陽郡還遠著呢，尋常時候騎著馬或許兩日能到，但是今年大雪覆蓋極深，即使騎馬，沒有個四五天的功夫也極難到達。」

「八里溝？我怎麼才走這麼一點路？」

曹休自然知道八里溝，因為他現在還在武威郡內。不過，曹休自有辦法，周圍都是魏國城池，只要抵達離這裡最近的一個縣城，讓縣令通知斥候傳遞消息即可。

隨後，曹休便徵用了老獵人的那匹劣馬，穿上皮毛大衣，又穿上獵人的靴子，便重新上路，朝著離這裡最近的縣城而去。

第九章

疑點重重

徐庶道：「這是華夏軍設下的圈套。不過，這也是雕蟲小技罷了，曹將軍身處迷局當中，自然不知。可作為局外人來看，其中疑點重重，漏洞百出。將軍只需緊守冀城，切勿出兵即可。另外，聯絡西羌王，共同抵禦華夏軍。」

曹休逃走後沒多久，魏延便帶人尋到了山崖邊，看到曹休留下的一片狼藉，故意布置來用於迷惑他的場景，便笑道：「曹文烈也不笨嘛，怕我帶兵追他，故意做出自己被老虎殺死的樣子，好讓我以為他被老虎叼走了。」

「將軍，按照曹休的腳程，以及天氣的惡劣，必定走不太遠，我們現在怎麼辦？」手下親兵問道。

「帶上獵物，回窯洞美餐，待明日天明後，便回武威城。就算再快，消息也需要兩天才能到達漢陽郡，我們就用這兩天的時間，來好好的等著夏侯淵。」魏延笑道。

第二天早上，魏延回到武威城，太史慈早在城門口等候了，見魏延回來，便道：「文長，怎麼樣了？」

「曹休信以為真，相信夏侯淵很快就會前來偷襲武威城，我們正好在此以逸待勞。大將軍，另一方面怎麼樣了？」

「放心，按照你的計策，我已經讓龐德、褚燕去故布疑陣了，只要夏侯淵敢出兵，我們就可以將他徹底消滅。」太史慈開心地說道：「文長，你辛苦了，走，進城暖和暖和。」

與此同時，華陰城。

郭嘉和司馬懿面對面的坐著，桌子上擺滿了食物。

郭嘉給司馬懿倒了杯溫酒，說道：「仲達一路辛苦了，只是，此去涼州還有些許路途，最快最快也要五天左右才能到達，西北軍已經攻克了武威城，從中間將涼州攔腰截斷，看來西北軍中也確實有智謀之士。」

司馬懿今日剛剛抵達華陰，一路上風塵僕僕的，如果不是遇到大雪的天氣，按照正常的行程，他應該早已抵達涼州境內了。

南北溫差較大，荊州一帶雖然也下雪了，可是不過才幾尺深，沒想到西北這裡雪竟然達到了半人深，這也讓司馬懿的行程減慢了不少。

他端起那杯溫酒，朝著郭嘉畢恭畢敬地說道：「多謝太尉大人。」

說完，他一飲而盡，緊接著說道：「太尉大人，不知道從華陰到涼州可有近路嗎？」

「走臨晉、重泉、蓮勺、萬年、高陵、雲陽、然後渡過涇水可直達涼州安定郡。」郭嘉回答道。

司馬懿想了想，道：「有地圖嗎？」

郭嘉讓人拿來地圖，當下在地上攤開，一一地指給司馬懿看。

只是，司馬懿的目光卻並未注意郭嘉所指的地方，而是注意到華陰邊上的渭水，因為渭水和涇水相連，而涇水的發源地就在安定郡內，剛好和涼州的州府漢陽郡交界。

他看了以後，問道：「太尉大人，以現在的天氣來算，渭水和涇水應該都是結冰的吧？」

郭嘉點了點頭，說道：「冰凍三尺，可供軍隊行走……」

郭嘉看著地圖，不禁皺眉道：「仲達，你這可是一步險棋啊……」

「不入虎穴焉得虎子，涼州夏侯淵處共有多少兵馬？」司馬懿問道。

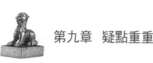

「不足三萬。」

「太尉大人，仲達向太尉大人借一萬騎兵，煩請太尉大人予以通融一下。」

「一萬騎兵？我哪裡來的一萬騎兵？如今駐守在華陰關和灞上的一共才幾千騎兵而已，戰馬可都在潼關裡啊。」

「太尉大人，我說的是目前仍舊駐紮在臨晉城的匈奴兵。」司馬懿道。

郭嘉沉思片刻，又看了看地圖，說道：「仲達，如果你果真要去，我自然不會阻攔，正所謂兵貴神速，我寫一封信，你帶著信到臨晉城即可，相信呼廚泉必然會欣然出兵。不過，如果攻不下漢陽郡，只怕你就會陷入險地當中，很有可能有生命危險。」

司馬懿笑道：「如果能夠攻下漢陽郡，那對關東軍也有極大的好處，太尉大人也可以進攻長安，到時候二十萬西北軍南下，秦州唾手可得！」

郭嘉笑道：「好，既然如此，那就這樣定了，我等你的好消息！」

二人商議已定，私下約定好時間，然後郭嘉寫了封信，讓人保護著司馬懿，便去了臨晉城。

臨晉城和華陰相距不算太遠，但是路卻不好走，司馬懿等人緊趕慢趕，在一日後抵達了臨晉城。

臨晉城已經被匈奴人占領，匈奴的大單于呼廚泉得知司馬懿帶人前來，便進行了隆重的歡迎儀式，召集大單于左右賢王、左右谷蠡王、左右大將、左右大都尉等人一起來歡迎司馬懿的到來。

臨晉城的縣衙大廳裡，四周爐火烘烤著，將大廳裡弄得暖如春日。

匈奴人分成兩列坐下，呼廚泉坐在上首位置，將司馬懿安置在自己左手邊，可見對司馬懿的優待。再怎麼說，司馬懿也是征南大將軍，一品大員，自然應該受到如此禮遇。

呼廚泉正值壯年，身軀壯實，近年來因發胖略顯臃腫，臉上的輪廓與整個體形都往圓的方向發展，但腰板還是挺得直直的，看得出來他是個出色的武士。

他頭戴飾有金貂的王冠，身披青底繡金綢袍，腰束飾有獬豸的大帶，足蹬牛皮戰靴，給人的印象華貴又威武。

他捧起一碗馬奶酒，朝著司馬懿笑道：「大將軍，此地無甚招待，嘗嘗我們匈奴的馬奶酒，乃是酒中極品。」

司馬懿笑道：「大單于太過隆重了……」

「唉，我還覺得有些招待不周呢，大將軍不必客氣，我們匈奴人不興那一套，在我們這裡，就大塊吃肉，大碗喝酒，其餘的什麼都不要管了。」呼廚泉豪邁地道。

司馬懿確實不客氣，他知道這些人的個性，也知道這些民族的彪悍，也正因為如此豪爽的性格，才有了他們彪悍的民風。

他喝了碗馬奶酒，覺得味道不錯，和中原的酒比起來略有不同，但是各有各的特色。

放下酒碗，司馬懿開門見山地說道：「大單于，那我也不客氣了，直接申明來意。我想向大單于借一萬騎兵去攻取涼州，不知道大單于可借否？」

此話一出，正在行酒作樂的匈奴人突然都怔住了，剛才的爽朗笑聲在一瞬間乍然停止。

司馬懿注意到這些人的表情後，不禁皺起眉頭，心中暗道：「難道我說錯話了？」

就在這時，在場的匈奴人全部哈哈大笑了起來。

笑聲落下，呼廚泉便對司馬懿道：「大將軍，你不是在說笑吧？一萬騎兵就能攻取涼州嗎？」

司馬懿斬釘截鐵地道：「一萬騎兵足矣，只要大單于肯借兵給我，不消半月，我便可以讓涼州遍插華夏國的大旗。」

呼廚泉聽到司馬懿的口氣不小，便道：「原來大將軍來這裡是借兵的，只是我們匈奴人虛國遠征，能得到什麼好處呢？」

「攻下一城，所占有的府庫，金銀珠寶、錢糧布帛，我分你一半。」司馬懿以重利誘之。

呼廚泉和其他匈奴人都露出了貪婪之色，互相對視一眼後，呼廚泉拍了一下大腿，道：「既然如此，我全軍押上，在臨晉城裡的這兩萬騎兵暫且借給你當做前部，我回去召集更多的兵馬，直奔涼州。只是，此去涼州遍地都是魏軍，只怕會有不少阻隔！」

「這個請放心，如今渭水結冰，直接走渭水便可以，天寒地凍的，而且魏軍兵少，即使前來阻攔，也攔擋不住。既然大單于親自前去，那這兩萬人足夠了，如果遷延時日恐怕會貽誤軍機。何況西北軍二十萬已經占據武威，只要我們攻下漢陽郡，便可以和西北軍遙相呼應。」司馬懿道。

「既然如此，那何時出兵？」

「越快越好！」

「左大都尉！速速集合所有勇士，隨我一同出征。」

「是！大單于。」

司馬懿見左大都尉走後，便對呼廚泉道：「大單于，此次出征非比尋常，所以沿途你們一定要全部聽我號令，**必須先約法三章**，如何？」

「哪三章？」

「第一，沒有我的吩咐，任何人不得搶掠，第二，沒有我的命令，任何人不得擅自殺戮，第三，沒有軍令，不能隨意離隊。」

呼廚泉想了想，說道：「好！我答應你了，只要你每攻下一座城，將府庫中的財物分我匈奴一半即可。」

司馬懿笑了笑，說道：「這個是當然的了。」

隨後，司馬懿胡亂吃了些肉食，飽餐之後，兩萬匈奴人集結完畢，司馬懿便讓郭嘉派來保護他的人回去，獨自一人帶著呼廚泉和兩萬匈奴騎兵踏上了征程。

渭水結冰，冰凍三尺，萬馬奔騰起來，司馬懿怕會震塌厚厚的冰面，便讓匈奴人前後左右散開，每個騎兵都保持著一定的距離，奔馳在渭水河上，一路向西急馳。

大軍奔騰，遠遠望去，猶如數萬騎兵在馳騁，一行人並不打任何旗幟，所過之處，盡皆是無人之地，沿著渭水一路前進。

涼州，冀城。

州刺史府中，魏國的鎮西將軍、涼州刺史夏侯淵正在大廳裡焦急的踱著步子，時不時的向外張望，見要等的人還沒有來，便怒道：「人都死哪裡去了，為什麼到現在還沒有來？再去請！」

話音剛落，便見徐庶、程昱二人急急忙忙的奔跑了過來，看到夏侯淵一身戎裝的站在大廳裡，便是一陣狐疑。

夏侯淵見兩人來了，急忙出門迎接，一手拉住一個，便朝門外走，邊走邊說道：「華夏軍襲取了武威，曹休派人送來消息，我已經集結了兵馬，現在就去攻擊華夏軍，必然能夠將華夏軍打個落花流水……」

「等等……」徐庶突然站住，問道，「將軍剛才說什麼？」

「華夏軍偷襲武威，曹休派人傳來消息，我已經洞悉華夏軍動向，正好將計就計！」

徐庶驚道：「此事是何時發生的？」

「臘月二十八。」

徐庶問道：「將軍切莫著急，能否將具體事情講給我們聽？我怕這是華夏軍的奸計。」

「曹休冒死報信，必然不假。如今華夏軍魏延一路虛張聲勢，朝金城而去，太史慈大軍卻全部來到了漢陽郡，而且我也接到密報，確實有一路大軍秘密的朝這裡駛來。」

徐庶道：「不怕一萬，就怕萬一，將軍還是從長計議。」

程昱也勸道：「將軍，不急一時，也就一盞茶的功夫，只需說與我們聽聽即可。」

夏侯淵是出了名的急性子，但是經不住徐庶、程昱兩個人的勸說，便進了大廳，坐下詳談。

於是，夏侯淵將曹休送來的華夏軍的動向說給徐庶、程昱二人聽，而去還大說特說曹休是如何用計謀逃出來的。

徐庶、程昱二人聽後，對視了一眼，隨後，程昱道：「曹將軍智勇雙全，本來無錯，不過，**錯就錯在曹將軍太輕信華夏軍了。**」

夏侯淵狐疑地問道：「這是什麼意思？」

徐庶解釋道：「也就是說，這是華夏軍設下的圈套。不過，這也是雕蟲小技罷了，曹將軍身處迷局當中，自然不知，可作為局外人來看，其中疑點重重，漏洞百出。將軍只需緊守冀城，切勿出兵即可。另外，聯絡西羌王，共同抵禦華夏軍。」

夏侯淵道：「當真是華夏軍奸計？」

徐庶和程昱同時點了點頭，說道：「確實是奸計。」

夏侯淵沉思了片刻，之後才說道：「既然如此，還請二位大人想出一個法子，先讓華夏軍吃一次敗仗。」

程昱保守地道：「我軍兵少，不足以抵擋華夏軍龐大的兵力，還是堅守城池為上。」

「華陰關牢不可破，可還是被攻下來了，這說明再堅固的城牆，華夏軍也能將其攻下，與其在城內坐以待斃，讓華夏軍將我軍包圍在城裡，不如出城迎戰，痛擊華夏軍。」夏侯淵道：「曹子孝之死，我要用太史慈等人的人頭來祭奠。」

程昱嘆了口氣，朝徐庶使了一個眼色。

徐庶點點頭，抱拳對夏侯淵說道：「將軍是打定主意要出兵了？」

「是的！你們若不替我想出計策，我就自己想。」夏侯淵斬釘截鐵地說道。

「既然如此，那我就勉為其難，不過，兵不宜多，五千足矣。我想，現在華夏軍應該正在某處埋伏，正好將計就計。」徐庶笑道。

程昱連忙道：「元直，我是讓你勸將軍留守城池，你怎麼……」

「程大人請寬心，以將軍的性子，肯定不會留在城中，倒不如我和將軍出城，去打一次勝仗，給華夏軍來個下馬威。我軍雖少，但都是精兵。程大人坐鎮冀城，聯繫西羌王即可。」

夏侯淵拍了一下大腿，哈哈笑道：「還是元直瞭解我，我們現在就走，路上邊走邊聊。」

徐庶點點頭道：「嗯，好的。」

二人當即出了刺史府，獨自留下程昱一人站在那裡，他見夏侯淵和徐庶走了，愣了一小會兒，隨後便急忙叫來人，讓他去聯繫西羌王。

夏侯淵和徐庶來到城門邊，徐庶讓夏侯淵只選五百騎兵，四千五步兵。

「這些就夠了？」夏侯淵問道。

「足夠了。將軍相信我的話，儘管出發，今日必然能夠取下西北軍一顆大將的人頭來。」徐庶自信地說道。

夏侯淵點了點頭，翻身上馬，拿著自己手中的武器，便下令道：

「出發！」

大地一到了嚴寒的季節，一切都變了樣，天空是灰色的，好像刮了大風之後，呈現著一種混沌沌的氣象，而且整天飛著清雪。

夏侯淵騎著馬，分出五百人在前面開道，這半人深的厚厚積雪，讓他十分頭疼。

他綽號長腿將軍，三日五百，六日一千，是三國歷史上頭一號急先鋒，跑得比誰都快。可是，這樣的天氣，也令這個長腿將軍犯了難。讓他更加感到麻煩的是，這樣的天氣，凍都能把人給凍壞了，更別說狂奔幾百里了。

「元直，你說華夏軍是不是都不是人？」

夏侯淵騎著馬，緩慢地行走著，看著前面清掃積雪的開路隊伍，不禁扭頭對身邊的徐庶說道。

徐庶聽後，狐疑地問道：「將軍何出此言？」

夏侯淵指著前面的道路說道：「你看前面，士兵開道如此艱難，華夏軍竟然能夠從靈州直接去了武威，這得需要多大的人力啊。」

「人定勝天，沒什麼不可能的。」徐庶雖然如此回答，但是在心裡也很佩服華夏軍這招出其不意攻其不備的策略，而且占領了武威，就等於切斷了涼州東西之間的來往。

徐庶看著前面的道路，心中在想：「太史慈肯定不會笨到連靈州都不要了，直接全軍壓向武威吧？」

這時候，天上下起了雪，刺骨的寒風帶來了大片大片的雪花，寒風搖撼著樹枝，狂嘯怒號，發狂似地吹開整個雪堆，把它捲入空中。

寒風不住呼嘯，方向變化無定，幾乎要掀翻了行人和馬匹，好像尖石子似的刮著騎馬人的臉，叫他們透不過氣來，說不出話來。

縛在馬脖子上的鈴鐺全然聽不見聲音了，在這旋風的怒號和呼嘯聲中，只聽得一陣陣淒苦的聲音，像狼嚎，又像遠處的馬嘶，有時又像人們在大難時的呼救聲。

夏侯淵等人頂著風雪繼續前進，有手下偏將前來建議撤軍，均被夏侯淵否決，認為華夏軍能做到的，他一樣能夠做到，而且還要做得更好。

徐庶知道夏侯淵的性子，沒說話，不過，在他的心裡，一直佩服夏侯淵，這是一個將才，雖然性子急，但是卻能夠聽得進他人的意見。

「如果冷的話，都下馬，全部去鏟雪，華夏軍能夠做到的，你們也不比別人差，請記住，你們是我夏侯淵的部下，你們是神行軍，我要的是速度，速度！」夏侯淵揚起馬鞭，大聲地喝道。

喊聲完畢，夏侯淵當即跳下馬背，身先士卒，衝到前面去鏟雪。

其餘將士見了，都紛紛上前，雖然天寒地凍，狂風暴雪，卻抵擋不住眾人的熱血。

徐庶見狀，臉上露出了笑容，說道：「我也來搭把手。」

涼州。

榆中城外二十里處，千溝萬壑的茫茫雪原上，一萬華夏軍的將士經過幾天的準備，已經全部進入了埋伏狀態。

白茫茫的雪原下面，是華夏軍精心挖的窯洞，龐德、褚燕分別在兩邊等待著。窯洞中溫暖異常，士兵在窯洞中已經吃喝半日，洞口用積雪封住，加上天空又飄起了鵝毛般的大雪，使得外面看不出分毫被挖掘過的痕跡。

榆中城裡，馬超坐鎮，一萬士兵仍舊打著魏軍的大旗，兩萬華夏軍的將士專門候著夏侯淵的到來。

「將軍！」

王雙從大廳外面趕來，來不及拍打身上的積雪，便朗聲說道：「斥候來報，夏侯淵出兵了，五千馬步在前面開道，其餘兵馬尚在城中並無任何動靜。」

馬超點點頭道：「很好，看來魏文長的計策奏效了。你即刻去見龐將軍和褚將軍，讓兩位將軍將夏侯淵的兵馬放過來，然後前後夾擊。」

王雙出了縣衙，翻身騎上一匹駿馬，隻身一人便朝城外二十里鋪奔馳而去。

抵達二十里鋪時，王雙在那裡轉悠了好一會兒，竟忘記自己軍隊埋伏在何處了，原因是這裡千溝萬壑的，一眼望去都是白茫茫的一片，根本無法分辨。

「奇怪！到底在什麼地方？剛才還能找到，現在為何找不到了？」王雙撓了撓腦袋，嘴裡嘀咕道。

「笨蛋！外面下雪了，積雪覆蓋住了你做的標記，你當然找不到了。」

這時，一個人從雪堆裡鑽了出來，身著鎧甲，身材魁梧高大，一臉的虯髯，正是褚燕。

王雙見褚燕來了，當即下馬拜道：「拜見褚將軍！」

「不必多禮，快說，馬將軍有何吩咐？」

褚燕也是個大老粗，以前幹過山賊，打劫冀州的時候，正好遇到前去遼東上任的高飛，結果被高飛收降，成為一名出色的戰將，也免去了歷史上禍害北方各州的黑山軍壯大，正因如此，北方各州的人口才沒有銳減，成為高飛稱雄的資本。

褚燕善於山地戰，以前當山賊的時候，被官軍追著打，經常在山中躲避，奔走在亂石上健步如飛，所以人稱之為「**飛燕**」。

張牛角死後，他帶著自己的兄弟投靠了高飛，那一票兄弟在後來踏平遼東田氏的戰鬥中，取得了輝煌的戰績。

不過，挨到這個時候，兄弟們死的死傷的傷，就剩下他和於毒了，而於毒則一直駐防在遼東，現在也是個將軍了，主要是安撫扶餘人。

王雙環視了一圈，看到周圍被弄得絲毫看不出任何蛛絲馬跡，驚嘆道：「褚將軍，你可真是個高手啊，這一萬人被你弄得一點都看不見了。我家將軍讓我來告知褚將軍和龐將軍，說放過從這裡經過的五千魏軍，然後前後夾擊。」

「知道了，你回去答覆馬將軍吧。」

「諾！」

褚燕等王雙走後，便又鑽回了窯洞，然後用雪封住洞口。

窯洞裡點著火把，微弱的燈光下，龐德湊了上來，問道：「王雙來這裡有什麼事？」

「馬超讓我們放過魏軍，然後和馬超前後夾擊魏軍。」

龐德想了想，說道：「區區五千人，我們嚴陣以待，以逸待勞，還是伏擊他們，為什麼要放過他們？」

褚燕道：「那將軍的意思是……」

「你我前後夾擊，上次攻城，魏延奪了頭功，這一次不能讓馬超搶去了，你們前後夾擊，將魏軍堵在這裡，然後合兵殲滅夏侯淵。」龐德謀劃道。

「好，若能斬殺了夏侯淵，必然是第一功，頂得上攻城十座，這功勞，咱們兄弟自己分了。那馬超小兒才來華夏國不多久便身居高位，而且馬氏一門盡皆封侯，我都搞不懂皇上為什麼那麼偏愛馬超？而且還是亡國的太子……」褚燕抱怨地道。

西北軍中，以褚燕官位最低，他能不抱怨嘛，來的比馬超早，為華夏國付出的也比馬超多，憑什麼馬超的官位比他高?!

平常時候，褚燕對馬超一直不太服氣，但是礙於怕傷了和氣，所以勉強隱忍著，這次太史慈讓馬超做主將，他也忍了，但是斬殺夏侯淵的大功勞，他絕不能讓給馬超。

龐德聽後，對褚燕說道：「正因為他是亡國太子，所以才得到皇上的厚待，只是，這次功勞我們絕不能讓給他。」

「嗯。」

兩人計議已定，便立刻下定決心，要將夏侯淵斬殺在這裡。

夏侯淵不愧是長腿將軍，僅僅用了一天功夫，便來到了榆中縣的地界。

「榆中城位於金城、漢陽、武威三郡的交界之處，地理位置十分重要。我想，此時華夏軍早已占領了榆中城，此去榆中，只怕路上會有埋伏，將軍還需小心為妙。」徐庶一邊騎著馬，一邊提醒著夏侯淵。

「怕什麼？兵來將擋，水來土掩，來多少，我殺多少，華夏軍雖然有二十萬眾，但我也不怕。」夏侯淵誇大其詞地說道。

徐庶道：「將軍英勇，自當不怕，不過，為了以防萬一，我以為，還是分兵兩路而進，先以一千步兵開道，虛張聲勢，然後剩餘四千馬步在後尾隨，若路上真有伏兵，必然會襲擊那一千士兵，我軍便可從後面救援，殺敵軍一個出其不意。」

「嗯，好計策。」夏侯淵點點頭，隨後附加道：「不過，這樣不容易迷惑敵人。」

說著，夏侯淵便喚來了一個和自己身材差不多的人，然後當眾換下了盔甲，讓手下的那個都尉頂替他到前軍去。

徐庶看完，笑道：「將軍妙計。」

夏侯淵道：「我字妙才，自然能想出妙計，至於到底妙不妙，還要看一會兒實情方才知曉。」

「傳令下去，兵分兩路，一路在前，一路在後尾隨，加快行軍速度。」

話音一落，眾人便紛紛向前奔跑，不再開路，直接在雪堆裡踩。

夏侯淵手下的都尉穿戴成夏侯淵的樣子，手中拿著一柄大刀，向前猛衝，身後一千步兵盡皆奮勇向前，打著也是夏侯淵的大旗，而真正的夏侯淵卻尾隨在後，徐徐而進，不時的派出斥候到前面打探。

龐德、褚燕在窯洞中苦苦的守候著，在堵住洞口的積雪上挖了一個小孔，以便於觀察外面的情況。

不多時，魏軍便駛入山道裡，當先一人頭頂銀盔，身披連環鎧，手提一柄大刀，胯下是一匹黃鬃馬，身後一千步兵緊緊相隨，背後旗手各打著一面大旗，其中一面大旗上繡著「夏侯」二字，另外一面大旗上則繡著「魏」字。

龐德、褚燕同時看見這波兵馬，遠遠望去，領頭之人和夏侯淵穿戴的一模一樣。褚燕興奮異常，手中握著鋼刀便要衝出去，卻被龐德一把拉住。

「令明，你幹什麼？」褚燕不解道。

只聽龐德說道：「夏侯淵出兵五千，為何只帶一千步兵在前？莫不是有什麼陰謀？還是等等再說！」

褚燕嗤之以鼻道：「管他什麼陰謀，我軍一萬，兵力多出夏侯淵一倍，怕個鳥？現在不殺夏侯淵，只怕放他過去，馬超就要動手了。」

話音一落，褚燕當即甩開龐德，大喝一聲，直接衝了出去。

龐德無奈，只能跟著衝了出去，埋伏在兩邊窯洞中的華夏軍盡數出動，舉起連弩便朝山道中一陣猛射。

萬箭齊發之下，可憐這一千魏軍全部被射死，無一人生還，血流一地，染紅了周圍的積雪。

此時，華夏軍士兵盡數歡呼著，都以為殺死了夏侯淵。

褚燕下了山坡，拔出鋼刀走到山道中「夏侯淵」的身邊，將夏侯淵的頭髮一拽起來，剛準備舉刀便斬下那顆人頭時，哪知道忽然射來一支箭矢，迅疾地朝著褚燕飛去。

「小心暗箭！」龐德見狀，大叫了起來。

褚燕心中一驚，急忙躲閃，但是箭矢仍舊從他的眼前擦過，鋒利的箭頭擦傷了他的鼻子，令褚燕登時見紅，急忙用手捂住自己的鼻子。與此同時，已經死去的「夏侯淵」也突然向褚燕發難，拔出一柄匕首刺中了褚燕的大腿。

褚燕腿上傳來一陣劇痛，站立不穩，一個踉蹌向後便倒。

緊接著，那個假扮夏侯淵的人沒有絲毫的遲疑，飛刀出手，直接向褚燕撲去，想刺死褚燕。

褚燕見那個人不是夏侯淵，心知上當了，抬起一腳，朝那個人踹了出去，剛忍痛站起來，準備宰殺那個假扮夏侯淵的人，哪知道一支箭矢迎面飛來，直接射中他的額頭，巨大的力量穿透他的顱骨，射進頭部，從頭盔後面刺穿出來，箭頭上還帶著白色的腦漿。

「啊——」褚燕慘叫一聲，身子向後倒退幾步，倒在雪地當中，抽搐幾下後便一命嗚呼了。

這一瞬間的變化來得太快，以至於龐德和其他華夏軍還沒有反應過來，褚燕便被射殺了。

「褚將軍！」

龐德大喊一聲，剛準備下山坡，卻見雪地中有六七百已經死去的人全部站了起來，每個人都從腰間拔出一柄柄飛刀，朝山坡上的華夏軍將士投擲過來。

飛刀離手，例不虛發，直入士兵的喉頭，準確至極。

此時，華夏軍的背後突然衝出不少魏軍，揮著刀便是一陣砍殺，殺得華夏軍措手不及，急忙回身防禦。

此時，夏侯淵帶著五百騎兵從山道中衝了過來，每個騎士都用弓箭開始朝山坡上的華夏軍射擊，透甲錐在手，加上又是突然襲擊，令華夏軍措手不及。

場面一度失控，華夏軍賴以為傲的盔甲和武器在對付魏軍的時候失去了作用。

龐德見損兵折將，聽到背後喊殺聲不斷，滿山遍野的都是魏軍飄展著的旗幟，不知道來了多少兵馬，立即衝下山坡，砍翻那個假扮夏侯淵的人，將死去的褚燕扛在肩膀上，大聲喊道：「全軍撤退！」

華夏軍紛紛撤退，三五成群，四六結隊，最後向中間靠攏，變得步調一致，一千人留下斷後，且戰且退，倒是顯得訓練有素。

夏侯淵準備追擊，卻見徐庶到來，急忙叫道：「窮寇莫追！」

「為什麼？」夏侯淵狐疑道：「不趁這個時候殺將過去，更待何時？」

「龐德尚有戰鬥餘力，退兵時，軍隊極為嚴整，可見這支軍隊平時訓練有素，只因折了褚燕便退兵，將軍不覺得可疑嗎？何況我軍兵少，敵軍兵多，不宜窮追。」徐庶分析道：「現在，應該即刻返回冀城才對。」

「華夏軍分明是害怕了，這時不追擊，擴大戰果，更待何時？」

夏侯淵話音一落，便下令道：「全軍追擊，斬殺敵將者，賞千金。」

「夏侯將軍……」徐庶急忙叫道。

夏侯淵哪裡肯聽，帶著五百騎兵當先奔馳過去，前面步兵開道，四千多人浩浩蕩蕩的追著龐德而去。

徐庶心驚，只見片刻間就剩下他和身後兩名護衛，嘆氣道：「夏侯妙才，我看是夏侯蠢材！」

「大人，那現在我們怎麼辦？」身後親衛問道。

徐庶憤怒地道：「還能怎麼辦？若是夏侯淵有個閃失，涼州將徹底被華夏軍占領，追上去……」

「大人快看！是援軍！」親兵指著後面突然出現的一支大軍，大聲喊道。

「援軍？」

徐庶扭頭看了過去，但見曹休一馬當先，帶著一支大軍浩浩蕩蕩的奔馳而來，心中更加驚疑不定，急忙策馬向曹休那邊跑了過去。

剛才徐庶故布疑陣，用疑兵之計讓龐德誤以為有許多魏軍，但是此時真的來了援軍，他倒是擔心的不得了。

兩下相遇，曹休見徐庶到來，不等曹休發話，便見徐庶喝問道：「曹文烈，誰讓你擅自出兵的，快快回去！」

曹休急忙勒住馬匹，一臉納悶道：「軍師，不是你傳令到冀城，讓程大人守城，布下疑兵之計，讓我帶領城內所有大軍到來支援的嗎？」

「胡說！我幾時傳令你了？」徐庶怒道。

曹休道：「軍師，你派人來通知我們，說華夏軍五萬大軍將你們團團圍住，讓我前來支援……」

「糟了，**你們中了敵人的調虎離山之計了！**速速回去，冀城空虛，只怕五百華夏軍便能將冀城攻下。」徐庶著急道：「華夏軍中有高人在，我太低估了華夏軍！」

曹休道：「軍師放心，城內不會被那麼容易攻克的，羌人已經有兩萬軍馬入城了……」

徐庶聽後，臉上立刻變色，當即轉身對親兵道：「火速去追夏侯將軍，一定要讓夏侯淵撤軍，否則涼州將徹底不保！」

話音一落，徐庶氣急敗壞地對曹休道：「曹文烈，你太糊塗了，羌人怎麼會那麼快來？冀城現在一定出事了，大軍原地待命，前軍變後隊，等夏侯淵將軍一到便立刻撤軍，興許還能來得及！」

曹休皺起眉頭，聽徐庶這麼一說，心中更加的不安了。

此時，夏侯淵追擊龐德，龐德等人是且戰且退，見夏侯淵追了過來，大約只有四五千人，當即下令道：「全軍停下，布陣！」

一聲令下，龐德將褚燕的屍首交給手下士兵，讓他們帶著褚燕的屍首向後退卻，並且設法聯絡到馬超，讓馬超速速派兵來攻，合圍夏侯淵。

華夏軍士兵更是全部組成了一個個步兵方陣，盾牌在前，長槍手紛紛將長槍架在盾牌上，弓箭手在後，弩手分散在兩翼，在這個較為平整的雪地上，登時呈現出一個堅固的防守陣形。

「放箭！」

龐德一聲令下，部下便開始反擊，弓弩齊發，和衝來的魏軍進行對射。

夏侯淵連同部下都吃了一驚，沒想到在敗退當中的華夏軍還能如此緊密的連成陣形。不過，夏侯淵絲毫沒有退卻的打算，騎馬向前，射出一支透甲錐，射向了敵軍。

夏侯淵自幼弓馬嫻熟，有百步穿楊之術，所以一箭射出，透甲錐透直接射穿一個人的頭顱。

他自己見逼近敵軍，便棄弓換刀，拍馬舞刀，剛好上前，卻見龐德大軍背後一支騎兵快速駛來，為首一人，頭頂一頂銀盔，身披亮銀甲，腰繫獅蠻帶，手執地火玄盧槍，胯下獅子驄，顯得威風凜凜。

他一看見那人出現，便立刻認了出來，當即調轉馬頭，大聲叫道：「撤退！」

龐德聽到背後馬蹄聲響起，回頭看見馬超帶著王雙以及五千騎兵浩浩蕩蕩的殺來，順著他們早已清好的道路馳騁。

他見夏侯淵不戰自退，急忙下令道：「全軍閃開，放馬將軍過去！」

馬超帶著王雙，沒有絲毫的停留，瞥了一眼陣亡的褚燕後，又見龐德的部下有了傷亡，而且全是步兵，在經過龐德身邊時，便大聲喊道：「龐將軍，剩下的事就交給馬某了！」

有道是仇人見面，分外眼紅，馬超看見夏侯淵，就像是見了老鼠的貓，雙腿用力一夾馬肚，大喝一聲，便向前奔馳，漸漸地撇開了王雙和身後的五千騎兵。

夏侯淵知道馬超的厲害，所以一見到馬超帶著騎兵大隊前來，便立刻撤退，時不時回頭張望，生怕被馬超追上。

倒不是因為害怕馬超，而是因為自己兵少，怕馬超、龐德大軍全部上來，那麼他連退路都沒了。

「吃我一箭！」

夏侯淵一邊撤退，一邊回頭張望，見馬超快速地追了過來，當即拉開大弓，取出一支透甲錐，搭在箭弦上，回身便朝馬超射了一箭。

馬超見一支箭矢飛了過來，揮起地火玄盧槍便朝那透甲錐敲打了過去，透甲錐在重力的敲打之下，登時變得彎曲，直接落在地上。

他啐了一口，冷笑道：「雕蟲小技！」說著，將地火玄盧槍夾在腿彎中，從馬項上取出一張大弓，從箭囊中取出五支箭矢，全部搭在弓箭上，拉滿弓之後，大叫道：「還給你！」

一聲大叫後，馬超手中五支箭矢盡數射出，朝著夏侯淵飛去。

夏侯淵見狀，大吃一驚，連忙來了個鐙裡藏身，心中暗叫道：「不想馬超箭術如此高超，我只能連發四矢，他卻能發五矢……」

五支箭矢從夏侯淵的馬背上盡數飛了過去，射到前面魏軍騎兵的脖頸上，一箭射穿喉嚨，五名騎兵盡數跌落馬下。

這時，夏侯淵翻身上馬，正準備再以弓箭射馬超，哪知道剛一回頭，又一支箭矢急速地飛了過來。

他驚得急忙躲閃，可那支箭矢來勢洶洶，雖然他避過了要害，但還是射中了臂膀，登時鮮血直流。

夏侯淵咬咬牙，憤恨地看著馬超，大聲喊道：「擋住馬兒！」

走在最後面的步兵聽到命令，有五百人自覺地留下，其餘人全部向前不要命似地奔走。

此時路上積雪早就被踐踏的不成樣子，夏侯淵的這支軍隊又是帳下最精銳的神行軍，步兵奔跑如風，反倒是和受到雪地限制的騎兵跑成了一樣的速度。

呼啦一聲，四千馬步軍頓時撤得無影無蹤，只留下五百步兵將馬超圍得團團轉，不少人還被馬超用槍戳死。看到後面王雙帶著大股騎兵到來，立刻四處散開，爬上兩邊的山坡，一溜煙似的便跑得不見了。

「將軍，那夏侯淵號稱神行將軍，又稱長腿將軍，是出了名的跑得快，馬匹在雪地中受到限制，速度基本持平，還追不追？」王雙終於趕了上來，見夏侯淵的部隊跑得如此迅速，當即問道。

馬超道：「追！讓龐德帶著沒受傷的步兵也一起追上來，絕對不能讓夏侯淵跑了，魏軍定然是發現不對勁了，計策敗露，即刻通知大將軍，對涼州發動全面進攻！」

王雙點點頭，隨即對身後的幾名斥候說道：「你們快點按照將軍的話辦。」

於是，馬超帶著王雙和五千騎兵在前，龐德帶著八千步兵在後，剩餘的一千多受傷的步兵則抬著褚燕的屍首返回榆中城。

另一邊，不等徐庶的親衛去向夏侯淵報告，夏侯淵便退了回來，當看到徐庶、曹休還有兩萬五千的大軍都在一起時，狐疑地問道：「文烈，你怎麼來了？你大軍到此，何人守城？」

曹休一臉的愧疚，說道：「只怕我又中了敵軍的奸計，也不知道現在冀城情況如何了？」

夏侯淵不再多問，臉上浮現出怒意，大喝道：「全軍撤退！」

「元直，馬超率領大軍在後，該怎麼抵擋？」夏侯淵策馬來到徐庶面前問道。

徐庶道：「可留下一批敢死之士殿後，在這裡堵住馬超，於道路兩旁埋伏下弓箭手，夾道射之。」

夏侯淵急忙分出自己部下一千神行軍，讓一個偏將帶領，在此地狙擊馬超，他則率領大軍和曹休、徐庶一起撤軍。

分開之後，夏侯淵等人沒走多遠，便見程昱帶著幾個親兵狼狽不堪的走了過來，急忙問道：「你怎麼跑到這裡來了？冀城呢？」

程昱一臉哭相地道：「冀城……冀城已經被華夏軍占領了，我一時大意……」

「什麼？」夏侯淵驚道：「太史慈的大軍怎麼可能會毫無聲息的抵達漢陽郡？你們都是幹什麼吃的？」

程昱道：「不是太史慈的兵馬，是司馬懿……」

徐庶騎在馬背上，一直沒有說話，心裡一直在琢磨著這件事，如果單憑西北軍那幾個有勇無謀的人，怎麼可能會想出如此完美的計畫，竟然連他都被騙過去了。而且，據曹休的回報，西北軍是想引蛇出洞，然後消滅有生力量在野外。和竊取冀城完全是兩碼事。

所以，他一直想不通，這中間到底發生了什麼事，**從曹休出現開始，他就陷入了一個迷局一樣**。可是當他聽到司馬懿這個名字時，不禁為之一顫，急忙道：「你剛才說誰？」

「司馬懿！華夏國征南大將軍司馬仲達，他不知道從哪裡突然出現，帶著兩萬匈奴兵，冒充羌人，直奔冀城，而且在這之前，還用計調出了城內所有駐軍，兵不血刃的拿下了冀城。」程昱道。

「司馬懿？哪個是司馬懿，我怎麼沒見過？」曹休不解道。

程昱道：「就是化妝成我軍使者前來送信的那個，曹將軍這麼快就忘記了？」

「是他？天殺的司馬懿！」曹休不禁罵道。

原來，司馬懿帶著呼廚泉和兩萬匈奴兵沿著渭水一路馳騁，後來又轉涇水，在冰面上以高速疾行，神不知鬼不覺的便抵達安定和漢陽的交界處。

即使兩岸有人看到了，因為匈奴兵沒有打出任何旗幟，加上穿戴的和羌人差不多，別人都以為是羌人，所以沿岸各縣即使看到的，也沒有人上報。

抵達兩郡的交界處後，司馬懿便向冀城進發，在半路上截獲了程昱派到羌中的斥候，問明一些情況之後，司馬懿便心生一計，先是宰殺了那個斥候，換上斥候的衣服，冒充魏軍斥候。

因他早年跟隨高飛入過關中，目睹過長安大亂，對關中一帶的口音也謹記在心，尋常時候便暗中練習各地方言，今日正好派上用場。

機警的司馬懿隻身入了冀城，讓呼廚泉等人假扮羌人，他再假傳情報，調出曹休和兩萬五千的大軍，正好呼廚泉等人抵達，程昱以為是羌人，便開了城門，哪知道正中了司馬懿的奸計。

眾人在城中暫歇一夜，等曹休和大軍走遠後，這才發動兵變，一個人都沒殺，便控制住了整個冀城。

不過，還是有漏網之魚，程昱那天巡視城門，見匈奴兵衝來，知道不可抵擋，便立刻撤出了城池，前來尋找夏侯淵，報告此事。

夏侯淵、徐庶聽完程昱講的事情後，都憤恨不已。如今馬超在後，司馬懿在前，只怕近三萬的大軍還在冰天雪地中，讓眾人心裡一陣冰涼。

「為今之計，只能暫時到臨近的城池去休整，然後再靜觀其變。」徐庶想了想，當即對眾人說道。

夏侯淵聞言道：「去隴西郡，隴西接近羌中，先占住隴西，再借羌人的力量予以反攻。」

徐庶道：「那快走吧，只怕再晚走一會兒，馬超就要追到了，而司馬懿必然也會有所行動。」

「全軍出發，朝隴西方向加速前進！」

夏侯淵一聲令下，兩萬八千名馬步軍全部朝隴西方向而去，留下的那一員偏將，則負責守衛山道，伏擊馬超。

馬超、王雙追至魏軍，將要抵達最先龐德、褚燕埋伏的地點時，馬超便下令全軍停下，獵鷹一般的眼神掃視過整個雪原，對王雙道：

「你帶人分成兩邊，繞道山坡背後，我從當中經過，此地險要，魏軍必然會設下伏兵，之後合力擊殺。」

「諾！」說著，王雙帶著一波軍，分成了兩隊，左右分開，繞到山坡背後。

馬超帶著一千騎兵向前狂奔，並且對部下說道：「大家都時刻提防著。」

一行人快要衝出山道的道口時，魏軍伏兵盡顯，兩邊各埋伏了五百弓箭手，朝著山道當中的馬超便射了過去。

馬超等人早有防備，暗暗地將連弩握在手中，見伏兵一現，便向山坡上射了過去。

接下來便是一番箭矢的較量，兩軍互有死傷。這時，王雙等人從山坡背後殺了出來，兩面夾擊，一會兒工夫便將伏兵盡皆殺死。

之後，馬超、王雙合兵一處，又向前追了一段距離，看見一個岔路口，一處向隴西方向，一處向漢陽方向。

馬超想都沒想，便策馬朝漢陽方向追去，說道：「此必是夏侯淵故布疑陣，讓我們以為他是朝隴西方向去了，都跟我來，追上夏侯淵。」

於是，一行人繼續向漢陽方向奔去。

第十章

走為上策

「三十六計，走為上策，如今秦州已經沒有我軍立足之地，夏侯將軍在涼州借助羌人的勢力或許還能和華夏軍相抗衡，但是長安一帶，已經是四面楚歌，只有殺出重圍，朝漢中方向遁去，才是上上之策。」陳群深思熟慮後道。

行了不到十里地，便見前面滾滾而來一撥騎兵。馬超見騎兵來勢洶洶，急忙下令道：「全軍停下，準備迎戰。」

對面沒有打任何旗幟，看上去像是羌人，馬超便單槍匹馬，立在道路上，讓王雙等人在背後一字排開。

對面來的騎兵，當中領頭的一個正是司馬懿！

他看到前面的華夏軍已經擺開了架式，急忙下令大軍停下，他則向前奔馳了幾步，站在射程之外，大聲喊道：「前面莫非征西將軍馬孟起乎？」

「正是馬某！你是何人？」

「在下征南大將軍司馬懿，見過馬將軍。」司馬懿抱拳道。

「司馬懿？」

馬超狐疑了地看了看司馬懿，五年前還是個孩子，這會兒竟然長這麼大了。

他當即策馬向前，問道：「你從漢陽郡來，莫非冀城已經被你攻下？」

「正是！」司馬懿點點頭道：「如今我正尋夏侯淵而來，馬將軍可曾見到？」

「糟了！那夏侯淵一定是往隴西方向去了，我一時大意，和他錯過了。」馬超懊惱道。

「無妨，夏侯淵去隴西，必然是想借助羌人的力量來反攻涼州。既然夏侯淵已經放棄了涼州的東面，那麼我們就可以任意收取。馬將軍，安定郡由你去攻打，如何？」

司馬懿說話時的口吻並不是在命令，而是在商議，他知道馬超的脾氣，所以儘量不去招惹他。

馬超道：「那就此告辭。」說著，馬超便帶著王雙等五千騎兵，迫不及待的朝安定方向去了。

司馬懿則帶著大軍繼續向前行進，行不到十里，正好遇到龐德的大軍。

龐德並不認識司馬懿，當見到司馬懿帶著匈奴兵前來時，誤以為是羌人，急忙擺開架式。

「前面可是龐令明將軍？」司馬懿勒住馬，問道。

「正是，你是何人？」

龐德見司馬懿穿著一身勁裝，帶著一群類似羌人的匈奴兵，心中覺得好奇，問道。

「在下司馬懿，見過龐將軍！」司馬懿騎在馬背上抱拳道。

「司馬懿？」龐德狐疑了一下，問道：「可是征南大將軍司馬懿？」

「正是！」

龐德隨即撤去了防禦，快步向前，朝司馬懿抱拳道：「司馬大人，龐德有失遠迎，還請恕罪！」

司馬懿的品級比龐德大一級，正所謂官大一級壓死人，龐德自然要上前拜道。

馬超和龐德不同，他除了見到高飛行跪拜之禮，其餘人一律不拜，不管你有多高的官，都別想讓他去拜。

「不必多禮，龐將軍此來，必然是榆中城已經被龐將軍拿下了吧？」

「正是，榆中城已經在三日前攻下，現在我們正在追擊夏侯淵，司馬將軍可曾見到征西馬將軍？」

「嗯，遇到了。我已經請他去攻打安定了，夏侯淵向隴西方向逃竄，為了以防萬一，還請龐將軍不辭辛勞去攻打金城郡，這裡是一萬騎兵，都是匈奴勇士，請龐將軍帶領他們去攻取金城郡，遲則生變。」

「屬下明白，屬下這就去，只是這八千步兵……」

「由我帶回榆中城即可。」

龐德不再說什麼了，當即翻身上馬，帶著一萬匈奴兵朝金城方向而去。

司馬懿則帶著八千步兵返回榆中城，沿途收拾了一些混亂的戰場，將屍首全部埋葬。

司馬懿回到榆中城後，聽到褚燕戰死，也頗感惋惜，讓人就地下葬，隨後又派出斥候，加急通知在武威的太史慈和魏延，建議由魏延帶領五萬大軍向西攻取酒泉、張掖、敦煌三郡，並且建議太史慈只留一萬兵馬守禦武威城，帶領所有兵馬南下。

另外，司馬懿又暫時以監軍的身分令駐守靈州的五萬東夷兵乘勢南下，攻取秦州的高陵郡，駐兵在渭水一線，對秦州施加壓力，同時以達到協助關東軍收取秦州的目的。

司馬懿自己則留在榆中城，等候太史慈大軍到來。

兩日後，馬超、龐德分別兵不血刃的攻下了安定、金城兩郡，侯成、宋憲率領四萬東夷兵南下，也已經攻占了高陵，並且陳兵在渭水一帶，和徐晃的關東軍對秦州的長安城形成了合圍之勢。

魏延則率領五萬大軍舉兵西進，太史慈率領十二萬大軍也抵達了榆中城。

司馬懿親自出迎，將太史慈迎入榆中城，兩下見面，太史慈道：「原來你就是司馬懿，你智取冀城的事，我已經聽說了，現在涼州各郡聞風而降，只有隴西、武都兩地尚未攻取，魏延所部也已經出兵西進，敦煌、酒泉、張掖必然會聞風而降。西域各國和烏孫國也都一起反叛魏國，形勢一片大好。只是，你若是能夠早來幾日，或許褚將軍他……哎！」

「人死不能復生，還望大將軍節哀順變。」司馬懿知道，他這個征南大將軍是臨時的，不比太史慈的虎翼大將軍，手下雄兵二十五萬，更是西北野戰軍的頭號人物，又是一等侯爵，身分顯赫，非他所能比擬，所以只能低聲下氣地說道。

「罷了罷了，怪只怪褚燕太過莽撞了。皇上派你過來當監軍、軍師，你可有斬殺夏侯淵的策略嗎？」太史慈問道。

「不必操之過急，如今大雪封門，足有半人深，行軍極其不易，夏侯淵逃到隴西，背靠羌人，是想借羌人的勢力反攻涼州。不過，我認為，這個時候羌人不會輕易出兵。大將軍也可將涼州暫時放一放，逼得太緊了，夏侯淵和羌人自然會連成一片。如果我們不去相逼，嚴防謹守，夏侯淵也翻不起什麼大浪。現在當務之急是長安，只要攻下魏國的都城，比取下一個涼州還能讓魏國動搖。」

太史慈問道：「你的意思是……先緩一緩對涼州的攻略，大軍南下直取長安？」

「不，涼州兵馬不能撤退。大將軍可派兩萬軍隊去助龐將軍駐守金城，讓馬將軍部下健將王雙駐守漢陽，再派去五萬兵馬歸王雙調遣，這樣一來，我帶來的兩萬匈奴兵便可以繼續歸我調遣，大將軍就坐鎮榆中城，三面圍定夏侯淵，量夏侯淵也不敢輕舉妄動。」

太史慈聽後，覺得司馬懿說得有些道理，便問道：「那你呢？聽你的意思，你似乎並不像在涼州待著？」

司馬懿笑道：「我帶著那兩萬匈奴兵去協助關東軍攻取長安城，但是我需要向大將軍借一員良將。」

太史慈問道：「誰？」

「征西將軍馬孟起！」

「這個……我做不了主，馬將軍向來心高氣傲，若非皇上賜我假節鉞，只怕也調動不了他。這是一頭困在籠中的猛虎，弄不好是會咬人的。」太史慈和馬超曾經戰鬥過，兩個人現在表面上雖然看著很和睦，但實際上兩個人誰都不服氣誰。

高飛當時在選擇西北軍的諸位將軍時，也深思熟慮過，決定以太史慈為主，馬超、龐德、魏延、褚燕為輔，萬一太史慈、馬超不和，又鬥了起來，龐德、魏延、褚燕也好從旁勸慰，再說，西北軍中只有馬超一人是後來的，所以意在以四個人壓制馬超。

五年來，馬超雖然桀驁不馴，卻仍能聽從太史慈的指揮，即使有丁點的口舌之爭，也只是意見不合而已。

司馬懿道：「正因為如此，我才要借助他的力量，還請大將軍成全。」

「既然如此，那就這樣了，我會派遣一萬人去駐守安定的，並且給馬超軍令，讓他去攻打長安。軍師，如果出現什麼不良的影響，那我可不負這個責任。」

「如果出了事，皇上面前，我一力承擔。」

太史慈不再說話了，司馬懿都已經說到這個程度了，他當下親筆寫了一封書信，讓人去轉交給馬超。

司馬懿則建議太史慈只守不攻，等開春之後再收拾夏侯淵。

太史慈點頭同意，並且派人去傳達命令，同時派人去靈州，將自己的媳婦田欣一併接過來，早晚也好有個商議，不至於犯下什麼大錯。司馬懿則先回冀城等待匈奴兵從金城撤回。

秦州，灞上。

徐晃、郭嘉、廖化、高森等人全部聚集在一起，在官道上向東張望，靜靜地等候著援軍的到來。

不多時，但見一個金髮碧眼的人披著厚厚的鎧甲，騎著一匹駿馬上，身後步兵方陣整齊無比，起落有致，每前進一步，便能聽到鏗鏘有力的步伐聲，甚是健壯。

徐晃看後，不禁皺起眉頭，心道：「原來皇上一直秘密訓練的飛衛軍就是這樣的一支部隊，確實是有別於其他軍隊……」

「**這就是傳說中的飛衛軍嗎？**果然雄壯威武，看來那個羅馬人還是有幾分本領的。」廖化看後，心裡也在不停地稱讚道。

郭嘉看了看徐晃、廖化、高森臉上的表情，內心暗暗地想道：「皇上派遣洋毛子來助陣，看來要御駕親征的日子也不遠了，不知道到時候重新組建的飛羽軍又會是個什麼樣子，真是令人期待啊。」

不一會兒，兩下相遇，金髮碧眼的人將手微微一抬，身後的步兵方陣便全部停下，連步調都一致，十分的嚴整。

金髮碧眼的人翻身下馬，一身盔甲的他，每向前走一步，便能聽見金屬碰撞的聲音，身上的盔甲銀光閃閃，乃是純銀打造，造價不菲，完全羅馬式的戰甲。走到徐晃等人身邊時，金髮碧眼的人便向眾人抱拳道：「在下是安尼塔・派特里奇，皇上親封的飛衛上將軍，見過幾位侯爺！」

徐晃、郭嘉、廖化、高森等人聽安尼塔・派特里奇的漢話說得不錯，頗感訝異，沒想到這個洋毛子在禮節方面和他們無異，而且更顯得謙卑。

在安尼塔的心裡，則認為這幾位都是有爵位的人，他在華夏國沒有爵位，就比人低了一等，所以必要的禮節是一定要有的。

徐晃道：「歡迎安將軍……」

「不！是派特里奇將軍，我姓派特里奇，不姓安，安尼塔是我的名字，你們可以叫我安尼塔，這樣顯得親切些。」安尼塔・派特里奇解釋道。

徐晃、廖化、高森、郭嘉將安尼塔・派特里奇迎入了灞上的營寨裡，安尼塔・派特里奇帶來的兩萬飛衛軍則在徐晃的關東軍大營外面另起一座營寨，兩座營寨相互呼應。

安尼塔・派特里奇一進入徐晃的大營，便率先問道：「諸位侯爺，我受皇帝陛下敕命，特來助戰，並且在潼關周將軍處攜帶來了攻城武器以及許多炸藥，我想知道長安城的近況，不知道諸位侯爺，有哪個可以跟我講講？」

郭嘉道：「還是我來告訴你吧，如今的形勢，對我軍十分的有利，西北軍的侯成、宋憲出兵占領了高陵，這也就是說，司馬懿的計策成功了，涼州已經沒有什麼威脅了，現在當務之急，是要對長安城採取速攻，如果拖延的越久，對魏軍越有利。所以，我以為，應當全軍將長安城三面圍定，然後輪番攻打。」

「三面圍定？為什麼不圍四面？」徐晃問。

「另外一面交由司馬懿來打，我們不必操勞。這裡仍舊以徐將軍為主將，派特里奇將軍，你是皇上派來助戰的，到時候會留下一個城門交由你去攻打，你沒有意見吧？」郭嘉問。

「沒有，全憑太尉大人吩咐。」安尼塔・派特里奇說道。

郭嘉身為太尉，官爵最高，所以這裡他說的話，占有極大的分量。在謀劃上，以他為主，在攻城略地上，徐晃便是軍中的魂魄。

徐晃見安尼塔・派特里奇沒有反駁，便道：「既然如此，那就這樣決定了，今夜暫且休息一夜，明天一早拔營起寨，進攻長安。」

長安城內，早已經是人心惶惶，五年前的長安城飽受災難，曹操用了五年的時間來恢復，這次，只怕又要生靈塗炭了。

一些百姓想逃出長安城，可惜魏軍將所有城門封死，只許進，不許出，誓要堅守城池。

皇宮內，涼州被攻克的消息傳來，更使得以太子身分監國的曹昂感到震驚，拿到那份戰報，癱軟在座位上，說道：「華夏軍兵鋒正盛，竟然連夏侯叔父也無法抵擋？」

「啟稟太子，張繡急報。」一名太子府的舍人將一封書信呈到曹昂的面前。

曹昂接過那封信，拆開看後，不禁大怒，狠狠地拍了一下桌子，將桌子上的東西震得七零八落，更是把張繡的書信遠遠地扔了出去，大聲罵道：「張繡小兒，竟然敢如此欺我！」

這時，夏侯衡從外面走了進來，剛好見到曹昂發怒，拾起地上的書信匆匆看了一遍，便見張繡以武都兵少，恐華夏軍襲擊武都為由，拒絕率軍來長安勤王。

他皺起眉頭，走到曹昂身前，說道：「太子，不必動怒，張繡說的也確實是事實，原以為家父能夠抵抗華夏軍一年半載，哪知道只短短十天，涼州半數以上郡縣都全部插上了華夏軍的大旗。如今家父在隴西，張繡在武都，此兩地都為要地，牽制了華夏軍近二十萬的兵馬，確實不宜此時前來勤王。不過，漢中方面應該會出兵，這幾日派出去的斥候就會有消息傳回的，還請太子殿下不要動怒。」

曹昂聽到夏侯衡的勸慰，問道：「曹真呢？」

「曹子丹正在各個城門巡視，並且加固城防，激勵士氣，如今長安城中所有將士全部萬眾一心，紛紛發下誓言，要以死包圍帝都。太子殿下儘管放心，曹子丹乃大將之才，必然能夠助我大魏度過難關。只不過……」

「只不過什麼？」

夏侯衡道：「請太子殿下先赦臣無罪，臣才敢說。」

「你我從小交心，還有什麼不敢說的？但講無妨，本太子赦你無罪。」

「多謝太子殿下。」夏侯衡朝著曹昂拜了拜，繼續說道：「只不過，臣下覺得，華夏軍連華陰關都能攻破，長安城只怕……只怕也難逃厄運……」

曹昂嘆了口氣，說道：「我也有此擔憂，鎮東將軍的兩萬鐵軍都無法阻擋華夏軍的腳步，我們這裡能行嗎？」

「所以，臣下以為，應該先做壞的打算，將皇室、諸大臣、諸將軍的家眷全部派人安全護送到漢中，這樣一來，即使長安城破，我們也可以毫無顧忌的殺出重圍，然後放火燒城，就算華夏軍得到了長安城，也是廢墟一座。」

夏侯衡建議道。

「你這個建議不錯，可以採納。現在我就命你全權負責此事，然後在夜間秘密出城，一路朝漢中去。」

「太子殿下不和我一起走嗎？」

「我身為太子，父皇命我監國，我是眾位將士的主心骨，絕不能隨意撤退，不到萬不得已，我不會離開長安城。伯權，你就按照我說的去做吧。」

夏侯衡他知道曹昂的性格，所以也不再勸阻，當即抱拳道：「那伯權今夜便動員文武大臣的家眷以及皇室全部撤離。」

「嗯，要秘密進行，我一會兒會讓人給你送去一道聖旨，你就按照聖旨行事。昔年被華夏軍從昌邑趕到長安，現在又是華夏軍將我們從長安趕走，這種日子，何時才是個頭啊！你去吧。」

夏侯衡緩緩而退，隨後曹昂便擬寫了一道聖旨，讓人交給夏侯衡，他則親自披掛上馬，帶著虎衛軍去巡視長安城中的情況。

長安城中。

到處都是流動的士兵，全城已經進入緊急備戰狀態，新招募的新兵也都配發了武器，有的從城外搬石頭進來，有的則是在城頭修葺城牆，加高加固，幹得不亦樂乎。

曹昂抵達南門的時候，看見曹真正在帶頭修葺城牆，便走了過去，問道：「你是本太子親封的大都督，怎麼能幹這種下賤的活呢？你應該和陳群、楊修在一起，制定守城方案才對！」

曹真見事曹昂，便停下了手中的活，和周圍的士兵一起參拜道：「叩見太子殿下！」

「免禮，你們都忙你們的去吧。」

於是，曹真將曹昂迎入城樓上的門樓，讓人奉上茶水，顯得很是謙卑。

「子丹，你身為朝廷大臣，總是去幹一些小事，這怎麼能行呢？你應該去謀劃守城方案，作戰部署，這些才是你應該做的。」曹昂教訓道。

「啟稟太子殿下，這些事情早都做好，已經沒有什麼可做的了，現在只剩下修葺城門了，臣覺得，這樣做沒什麼不妥，何況臣也是從士兵一步步做起來的，既然以前當士兵的時候能做，為什麼當了大都督就不能做了呢？臣的身分之所以顯赫，是太子殿下給的，但是臣也不敢忘懷，那些身處在最底層，為我大魏默默做出貢獻的人，如果沒有他們，單單只臣一個人，只怕永遠都無法掀起什麼大浪的，所以，臣身先士卒，其餘的士兵見到了，自然會更加有幹勁的。」

曹昂被曹真的一席話說得啞口無言，往門外望去，那些士兵確實幹得很起勁。他也不多說什麼了，喝了口茶，站起身子道：「你好好做吧，我走了。」

「恭送太子殿下。」

曹昂走出門樓，看了看周圍的士兵，不禁覺得曹真確實是一員良將，也許以後會成為大魏的主心骨。

曹純、曹洪、曹仁先後為國捐軀，曹休又遠在涼州，曹家剩下能有將才的人已經不多了。他的心裡忽然閃過一個念頭，**如果長安被攻破了，他要設法讓曹真離開，保住曹家剩下的將星。**

「叔父！你就讓我去吧，我只借五百騎兵，把茵茵一救出來，我就立刻回來！」曹休跪在夏侯淵的面前磕頭祈求道。

夏侯淵一臉鐵青，胳膊上纏著一條繃帶，鮮血浸透了那條繃帶，是拜馬超所賜的。

他看了一眼跪在面前的曹休，說道：「茵茵是我的親侄女，我比你更加的關心茵茵，可是現在是什麼時候？你也不看清楚，華夏軍三面將我們圍定，羌人遲遲不給回音，你已經死裡逃生一次了，如何再去入虎口？」

「可是茵茵……」曹休萬分不捨地道。

「我知道你們恩愛，不過你放心，我一向聽聞華夏國不毀人家室，必然不會對茵茵怎麼樣的。如果你只是為了一個女人而捨棄自己的性命，那你就是天下第一的大蠢蛋！女人是什麼？不過是你身上的一件衣服，沒有了還可以再換。如果你需要女人的話，叔父可以給你在城裡找一兩個，不用怕沒有女人。」

「我不要，我就要茵茵！除了茵茵，我誰也不要！我對茵茵是真心的，我不像叔父，有三妻四妾的……」

「混帳東西，閉嘴！來人啊，將曹文烈給我押下去，沒有我的命令，任何人不得放他出來。」

話音一落，便見兩名力士直接將曹休給帶走了。

這時，徐庶從外面趕來，看到這一幕，沒有多問，當即對夏侯淵說道：「羌王已經有回音了，十日之內，便會率領精銳部隊前來助戰。」

夏侯淵喜道：「太好了！馬超小兒，這一箭之仇，我非報不可！」

西元一九七年，正月十三。

清冷的早晨，太陽還沒有出來，華夏國的數萬大軍便全部抵達長安城外，將長安城的東、南、北三門圍定。

徐晃、郭嘉在東門，廖化、高森在北門，安尼塔・派特里奇則帶著飛衛軍在南門，大軍並不急於進攻，而是先各自紮下營寨。

與此同時，司馬懿、馬超、呼廚泉率領兩萬匈奴騎兵也一路從涼州攻了過來，沿途所過秦州各地盡皆望風而降。

除此之外，侯成、宋憲帶領四萬東夷的弓箭手從高陵浩浩蕩蕩的渡過渭水，直抵長安城下，分別被分派到東南西北四個城門外駐守。

如此一來，華夏軍完成了以十萬大軍合圍長安城的態勢，將整個長安城包圍得水泄不通。

長安城上空頓時烏雲密布，緊張的氣息壓得城中的百姓和將士們都透不過氣來，飽經滄桑的長安古城也許會在頃刻間變成一堆廢墟。

城內人心惶惶，將士們雖然受到曹真的激勵，但是面對如此龐大的軍隊，心理防線還是被瓦解了。

華陰關一役，曹真及兩萬鐵軍全部戰死沙場，如此牢不可破的關城都被華夏軍在三日內拿下了，長安城更是不在話下。

太子府裡，曹昂召集曹真、陳群、楊修、劉曄、滿寵等人一起商議對策。

「華夏軍已經包圍了長安城，兵力高達十萬，這遠遠超乎我的預料，如今長安城中更是人心惶惶，諸位有何退敵之策，不妨都說來聽聽。」曹昂向眾人問道。

陳群、楊修、劉曄、滿寵對視一眼，這種時候了還有什麼退敵之策，只有硬拼固守罷了。

曹真抱拳道：「啟稟太子殿下，臣以為，可暫時捨棄長安城，以避其鋒芒，如今涼州、秦州都聞風而降，長安城中只有三萬精銳，雖然說新徵召了許多士兵，但是這些人只是些烏合之眾，遭遇到強攻，很有可能會頃刻間崩潰，一旦倒戈相向，只怕對我軍甚為不利。」

「曹子丹！太子殿下命你做大都督，是讓你退敵的，不是讓你逃跑的，你竟然出此大逆不道之言？」楊修憤然道。

「楊大人，我只不過是為了以後的打算著想，華夏軍是有備而來，短時間內便在西北集結了三十萬大軍，這是目前任何一個國家都不能做到的。之前楊大人勸皇上攻略巴蜀，我就曾經反對過，虛國遠征，只怕會給魏國帶來極大的後患，二十五萬西北軍虎視眈眈，就算採取疑兵之計，用多了也會失效。現在看來，當初華夏國南征荊漢時，是早有預料，攻略西北也是早早計畫好的。」

「你懂什麼？皇上目光獨具，早就看上巴蜀了，關中和涼州連年戰亂，百姓疲敝，根本不是長遠發展之計，巴蜀號稱天府之國，攻下巴蜀，就等於多了一條臂膀。」楊修反駁道。

「現在看來，皇上和諸位大臣的心思只怕早就被華夏國的人給猜中了，得到巴蜀，卻失去了秦州和涼州，相較之下，不過是用一塊地方換另外一塊地方而已，我們這樣損兵折將，最後什麼也沒得到。」

「混帳東西！你竟敢這樣說……」

楊修惱羞成怒，臉上一陣抽搐，因為攻略巴蜀的計畫是他極力提出來的，當時以為曹操會帶自己去，他好再立功，哪曉得莫名其妙跑來一個叫龐統的醜男，曹操竟然帶著那個醜男和荀彧一起去了，而將他留在這裡。

不過，讓楊修、陳群等人都沒有想到的是，華夏軍的兵鋒太強，本以為依靠秦州、涼州的險地進行扼守，遇到華夏軍來攻打，也能堅持個一年半載的，那時候曹操大軍早已回來了。可是誰會想到華夏軍只用三天便攻克了華陰，半個月就打下了半個涼州，這種速度，實在太驚人了。

「夠了！還嫌不夠吵嗎？陳公，你是什麼樣的意見？」

「**三十六計，走為上策**，如今秦州已經沒有我軍立足之地，夏侯將軍在涼州借助羌人的勢力或許還能和華夏軍相抗衡，但是長安一帶，已經是四面楚歌，只有殺出重圍，朝漢中方向遁去，才是上上之策。」陳群深思熟慮之後，也覺得曹真說的極有道理，便附議道。

「我等也是一致意見！」劉曄、滿寵齊聲道。

「你們……你們……」

楊修其實也想走，只是這個時候他若是提出要走，那就等於他建議攻掠巴蜀之地是完全錯誤的。

「那就這樣定了，大都督，你看著安排一下，制定一個突圍計畫，然後呈報上來。」曹昂道。

「諾！」曹真抱拳道，轉身離開。

曹昂嘆了一口氣，心中暗暗想道：「還好昨夜我已經將家眷全部送出，留了一條後路。我想，這也是諸位大臣一致認為撤軍的主要原因吧。我已經無顏面對父王了，長安孤城一座，就讓我與這座城共存亡吧。」

長安城東門外。

徐晃的大帳中，徐晃、郭嘉、司馬懿、馬超、廖化、高森、安尼塔・派特里奇、呼廚泉、侯成、宋憲都聚集在一起，大帳裡好不熱鬧。

「今日各路軍合圍長安，十萬大軍陳兵在長安城外，這多虧了司馬仲達的計策，採取了先下涼州，再諸路合圍長安的計策……」

身為樞密院的太尉，郭嘉地位崇高，也是最有發言權的人，所以這次會議就由他來主持。

年輕、沉著、冷靜、智慧，集多種優點於一身的郭嘉，在華夏軍中漸漸充當了一個不可或缺的角色。

「不不不，這還是太尉大人的功勞，太尉大人早就看出了這個計策，只是不說罷了。實際上，我是按照太尉大人的意思去辦的。」司馬懿急忙打斷了郭嘉的話，謙虛地說道。

郭嘉呵呵笑了笑，心中對司馬懿是又多了一分喜愛，暗暗道：「孺子可教。」

「聖旨到！」

這時，大帳外面傳來一聲大喊。

眾人急忙出帳接旨，看到負責此次傳旨的是卞喜，心中都是一驚，一致猜想卞喜親自傳旨，只怕皇上離此地不遠了。

「臣等跪聽聖旨！」

眾人以郭嘉為代表，然後按照官位品級，依次向後排開，跪在地上，異口同聲地喊道。

卞喜手捧聖旨，當即宣讀道：

「聖諭，右車騎將軍徐晃，勞苦功勞，朕感念其恩，特加封為驃騎大將軍，假節鉞，總領各路兵馬，攻略秦州。太尉郭嘉為監軍，征南大將軍司馬懿為軍師，征西將軍馬超加封為右車騎將軍，暫時歸屬徐晃帳下，待攻克秦州後，便返還西北野戰軍中。諸路大軍，必須同心協力，七日之內，定要攻下長安城，待城破之後，再另行封賞。欽賜！」

聖旨宣讀完畢，眾人全部叫道：「臣等領旨謝恩，吾皇萬歲萬歲萬萬歲！」

眾人起身，郭嘉走到卞喜身邊，悄悄問道：「皇上現今抵達何處？」

卞喜笑道：「太尉大人，只怕要讓你失望了，皇上並未到來。西北的事情，皇上已經大致清楚了，戰後還請太尉大人暫時留守，總攬秦、涼二州一切事宜，這是皇上給太尉大人的手諭，請太尉大人在攻克長安城後再打開來看。」

郭嘉接過手諭，雖然不清楚高飛在上面寫了什麼，但是從卞喜的話中不難聽出，皇上是要讓他統領這西北三十萬兵馬。

他笑了笑，抱拳道：「有勞卞尚書了。」

卞喜道：「太尉大人，我還有要事在身，先行告辭。」

說罷，卞喜便翻身上馬，疾馳而去。

郭嘉將手諭收起，對徐晃說道：「恭喜徐將軍榮升大將軍，現在四路兵馬盡皆統屬於大將軍之下，皇上限期七日破城，咱們長話短說，還是先商議破城之策吧。」

徐晃點了點頭，說道：「也好！」

益州，西城。

「皇上請用茶。」趙雲親自奉上一杯熱茶，畢恭畢敬的端到高飛的面前。

對於高飛的突然到訪，趙雲感到很是意外。

但是，在他的心中，高飛親自到來，必然不會是為了專程探訪他，只怕是有很重要的事情，讓他隱隱覺得自己一展拳腳的時刻又將要到來了。

高飛喝了一小口熱茶，一股暖意便湧上心頭，放下茶杯，對趙雲道：「子龍，西城這裡可真難走啊，若非漢水河面結冰，只怕很難在這麼短的時間內過來。我不跟你廢話了，如今時間緊迫，我需要你帶兵跟隨我一起出征。」

「請皇上吩咐，子龍必定赴湯蹈火，在所不辭。」

「很好，這次我帶來了重組後的飛羽軍，用了整整五年的時間，我需要一員大將，而你是再合適不過的人了，我準備用這一千人偷襲漢中。」

趙雲想都沒想便道：「臣願意當皇上的開路先鋒，請皇上儘管吩咐吧。」

「好，一千名飛羽軍在外面已經等待多時，我們即刻啟程，希望能夠在七日內抵達漢中城下。」

話音一落，高飛帶著趙雲以及他帶來的一千名飛羽軍，迅速地離開了西城，繼續沿著漢水一路向前行進，留下趙雲部將滇吾鎮守西城。

「發射！」

隨著徐晃的一聲令下，身後的令旗使勁地揮動，斥候往來穿梭，佈置在前面的投石車開始向長安城中拋射著被點燃的炸藥，一時間，炸藥如同星光點點，在長安城的城牆不停地爆炸。

「轟隆！轟隆！轟隆……」

一聲巨響在長安城的城牆上不斷地響起，任你有再堅硬的裝備，也無法以血肉之軀抵擋這爆炸所產生的威力。

沒多久，長安城的四個城門陸續響起了令人喪膽的爆炸聲，隆隆的爆炸聲響徹天地，將城牆上的城垛炸得石屑亂飛。

「快下去躲避！」

曹真這會兒終於知道為什麼華陰關會被華夏軍在短短的三天之內就攻克了，有這種厲害的武器，四門齊攻，別說三天，一天就能將長安城構築的城防炸開。

魏軍士兵慌了神，不知道該往哪裡躲，震耳欲聾的聲音不斷響起，看到一個個鮮活的生命被炸得四分五裂，魏軍最後的心理防線瞬間崩潰了。

曹真下令，要所有人都躲到城牆裡面，以避華夏軍的鋒芒。

徐晃拿著望遠鏡，看著魏軍士兵盡數撤下城牆，便下令道：「攻城部隊出擊！」

一聲令下，攻城部隊立即呈現階梯式的攻擊方式，第一梯隊三千人，懷揣著炸藥，迅速地蹚過結冰的護城河，將炸藥挨著城門排放得整整齊齊的，隨後便散到兩邊去，躲得遠遠的，然後由第二梯隊的弓箭手射出火矢，點燃炸藥。

「轟隆！」一聲巨響頓時將城門炸得粉碎，巨大的衝擊力將城門裡面的魏軍炸得遍體鱗傷，有的當場死亡，有的血肉模糊，有的缺胳膊少腿，地上支離破碎，一片狼藉。

「衝啊！」

華夏軍的士兵從炸開的城門那裡向城內衝了進去，魏軍士兵紛紛退入甕城。

華夏軍緊緊相追，第一梯隊的三千人剛進入城中，登時聽到一聲梆子響，從城門到甕城裡的那段城牆上伏兵盡顯，弓弩手紛紛居高臨下，用透甲錐朝華夏軍不斷密集地射擊。

一時間萬箭齊發，華夏軍第一梯隊的士兵無從遮擋，紛紛被亂箭射死。

徐晃見狀，不禁皺起了眉頭，當下恨意綿綿，怒道：「將投石車推到護城河邊，給我狠狠地向城內轟！」

一聲令下，新一輪的轟炸開始了，爆炸聲一起，那些站在城牆上來不及躲閃的魏軍士兵紛紛被炸得七零八落。

南門方向，安尼塔・派特里奇有著自己的一套獨特打法，先是用投石車將士兵轟走，然後不慌不急的讓士兵排列好陣形，手中都拿著巨大的弓箭，全部坐在地上，開始用雙腳和雙手合力拉開弓箭，將一支支從魏軍手中奪過來的透甲錐全部裝在弓箭上，開始向城內射擊。

「嗖……」

兩萬大軍，安尼塔・派特里奇只動用了一萬，一萬人同時朝城內射出箭矢，達到真正的萬箭齊發。

在安尼塔・派特里奇強勁的攻勢下，鋒利的箭矢一經射出，便密密麻麻的落在城內，緊接著便聽見城裡面傳來陣陣哀嚎聲。

「預備！放——」

安尼塔・派特里奇並不急著攻城，而是繼續用弓箭進行攻擊，解決任何可能在城牆上躲避或者埋伏的士兵，將他們逼進內城。

又是一陣萬箭齊發，黑壓壓的箭矢漫天飛舞，無數聲破空的聲音讓人感到刺耳，緊繃著的弓弦發出聲響的那一瞬間，眾人的心裡都是快慰的。

「預備——放！」

「放……放……放……」

安尼塔・派特里奇拿著腰中的長劍，不停地向前揮砍，喊出振奮人心的話語。

請續看《三國疑雲》第十三卷 故布疑陣

三國疑雲 卷12 針鋒相對

作者：水的龍翔
發行人：陳曉林
出版所：風雲時代出版股份有限公司
地址：10576台北市民生東路五段178號7樓之3
電話：(02) 2756-0949
傳真：(02) 2765-3799
執行主編：朱墨菲
美術設計：吳宗潔
行銷企劃：林安莉
業務總監：張瑋鳳

初版日期：2022年8月
版權授權：蔡雷平
ISBN：978-626-7153-06-2

風雲書網：http://www.eastbooks.com.tw
官方部落格：http://eastbooks.pixnet.net/blog
Facebook：http://www.facebook.com/h7560949
E-mail：h7560949@ms15.hinet.net
劃撥帳號：12043291
戶名：風雲時代出版股份有限公司

風雲發行所：33373桃園市龜山區公西村2鄰復興街304巷96號
電話：(03) 318-1378
傳真：(03) 318-1378
法律顧問：永然法律事務所 李永然律師
北辰著作權事務所 蕭雄淋律師

行政院新聞局局版台業字第3595號 營利事業統一編號22759935

定價：290元

國家圖書館出版品預行編目資料

三國疑雲 / 水的龍翔著. -- 初版. -- 臺北市：風雲時代出版股份有限公司, 2022.03- 冊； 公分

ISBN 978-626-7153-06-2（第12冊：平裝）--

857.7 110019815